Fernando Sabino
na sala de aula

ilustrações
Daniel Bueno

7ª impressão

© Bem-te-vi Filmes e Projetos Literários Ltda.

Direção editorial
Marcelo Duarte
Patth Pachas
Tatiana Fulas

Coordenação editorial
Vanessa Sayuri Sawada

Assistentes editoriais
Henrique Torres
Laís Cerullo
Guilherme Vasconcelos

Projeto gráfico e diagramação
Rex Design

Revisão
Cristiane Goulart
Alessandra Miranda de Sá
Telma Baeza G. Dias

Impressão
PifferPrint

CIP-BRASIL. CATALOGAÇÃO NA FONTE
SINDICATO NACIONAL DOS EDITORES DE LIVROS, RJ

Sabino, Fernando, 1923-2004.
Fernando Sabino na sala de aula.
Fernando Sabino. 1ª ed. – São Paulo: Panda Books, 2007. 108 pp.

ISBN: 978-85-88948-35-8

1. Sabino, Fernando, 1923-2004 – Coletânea. 2. Crônica brasileira.
I. Título.

07-0615
CDD 869.98
CDU 821.134.3(81)-8

2023
Todos os direitos reservados à Panda Books.
Um selo da Editora Original Ltda.
Rua Henrique Schaumann, 286, cj. 41
05413-010 – São Paulo – SP
Tel./Fax: (11) 3088-8444
edoriginal@pandabooks.com.br
www.pandabooks.com.br
Visite nosso Facebook, Instagram e Twitter.

Nenhuma parte desta publicação poderá ser reproduzida por qualquer meio ou forma sem a prévia autorização da Editora Original Ltda. A violação dos direitos autorais é crime estabelecido na Lei nº 9.610/98 e punido pelo artigo 184 do Código Penal.

De mestre a aluno

> A cada manhã eu quero renascer, eu quero refazer tudo, desaprender tudo, recomeçar a aprender tudo de novo. Eu queria olhar o mundo com os olhos lavados de pureza e de inocência como um menino.
>
> **Fernando Sabino**

Aprender e reaprender a cada dia, com um novo olhar, de espanto e de crítica. Nada para Fernando Sabino era mais importante do que provocar uma lágrima de ternura, um sorriso de felicidade. "Quanto menos o leitor tropeçar em palavras mais eu atinjo meu objetivo", ele afirmava. A criação para ele era um ato de amor, e por isso cultivava o leitor – afinal o amor se faz pelo menos a dois.

Sabino exerceu muitas profissões ao longo da vida: professor, jornalista, cônsul, advogado, editor, cineasta. Além disso, foi nadador exímio, baterista apaixonado por jazz, tradutor de clássicos, funcionário da Secretaria de Agricultura e atuou nos bastidores da política no período mais crítico da nossa história. Não é por acaso que seus textos tratam de temas tão diversos: História e Geografia, Gramática e Redação, Ciências e Literatura.

Verdadeiro mestre – e ótimo aluno – na arte de escrever, Sabino mostra seus olhares de homem e de menino sobre cada fato da vida: com ternura, ao observar seu filho Bernardo brincando em "Com o mundo nas mãos"; de comoção, no bate-papo com adolescentes em "A escada que leva ao inferno"; de pureza, ao relembrar os tempos de escola em "Retrato do nadador quando jovem".

Fernando Sabino na sala de aula foi organizado pensando no professor, que também realiza um ato de amor no seu ofício, e no jovem aluno. Juntos eles aprendem e reaprendem a ver o mundo com um novo olhar, de espanto e de crítica, assim como o escritor que nasceu homem e morreu menino propõe com os textos que compõem esta obra.

Ciências

Vespa não é abelha 7
A companheira de viagem 11

Educação Física

Corro risco correndo 17
Retrato do nadador quando jovem 22

Ética e Cidadania

A escada que leva ao inferno 29
Menino de rua 36

Geografia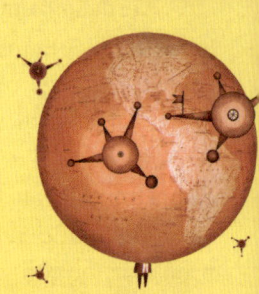

Com o mundo nas mãos 41
Turco 44

Gramática

De mel a pior 49
Eloquência singular 53

História

Vinte penosos anos depois 59
Transição para a democracia 65

Inglês

Pérolas de tradução 71

Literatura

Não sendo aguda, é crônica 79
Biscoitos e pirâmides 83

Música

O piano no porão 89
O coração do violinista 92

Redação

Como nasce uma história 97
O que faz um escritor 101

Vespa não é abelha

De manhã cedo, ao sair do quarto, ela deu com a filha espichada no sofá da sala. Chegou a se assustar: de camisola, a menina dormia, parecendo ter passado a noite ali. Assim deitada é que se via como estava crescida, uma mulher, ocupava o sofá inteiro.

– O que é que você está fazendo aí, minha filha?

A moça se espreguiçou, abrindo os olhos:

– Meu quarto está cheio de abelhas.

– Abelhas?

As duas podiam se considerar felizardas, pois ainda moravam numa casa – e casa ampla, confortável, de pé-direito alto, daquelas antigas do Rio Comprido, com quintal e árvores de frutas. Mas casa costuma ter dessas coisas: cupim na cumeeira, caixa de gordura entupida e bichos de toda espécie. Inclusive abelhas.

– O teto e as paredes estão cobertos, são mais de mil. Eu não tinha como dormir lá.

– Por onde elas entraram?
– Pela janela, por onde havia de ser?
– Você devia ter me chamado.
– Para quê? Que é que você podia fazer?
– Tirar as abelhas de lá.
– Tirar como? Só tocando fogo no quarto.
– É uma ideia. Vamos até lá dar uma olhada.
– Cuidado, mamãe, que elas te picam.

A mãe foi com cuidado, seguida da filha. Pararam ambas na porta, sem coragem de entrar: dali mesmo as abelhas podiam ser vistas, em grandes manchas negras espalhadas pelas paredes e pelo teto. Muitas cruzavam o ar, zumbindo, chegavam a voejar ao redor das duas, quase se enredando em seus cabelos. E ameaçando invadir a sala.

– Vamos sair daqui antes que elas nos ataquem.

Fecharam a porta do quarto, e enquanto a filha voltava a se espichar no sofá, a mãe foi ao telefone, ligou para o Corpo de Bombeiros.

– Abelhas? – o bombeiro de plantão não estranhou, parecendo achar perfeitamente natural. – Quantos punhados?

– Quantos o quê?

– Quantos punhados de abelha tem no quarto da sua filha?

– Ah, sim. Uma porção. Uma porção de punhados.

– Quantos, mais ou menos?

Ela não tinha a menor ideia da quantidade de abelhas que perfazia um punhado:

– Uns dez, pelo menos. Daí pra mais. Faz diferença?

– É que sendo assim então é caso para um abelheiro – concluiu o bombeiro. – Me dá o telefone da senhora que mando já um abelheiro ligar para aí.

Realmente, em poucos minutos o telefone tocava:

– A senhora tem certeza de que é abelha? – quis saber o abelheiro.

– Que é que podia ser? Mosquito é que não é.

– Mosquito não digo, mas podia ser vespa, marimbondo... Como é o corpo dela?

– Não reparei direito. Mas acho que é como o de uma abelha.

– Pega uma, olha se tem bunda grande e me diz. Vou ficar esperando.

Ela suspirou, resignada, chamou a filha:

– O homem quer saber se tem bunda grande.

– Quem? – espantou-se a menina.

– A abelha! Vamos ter que pegar uma.

Empunhando uma vassoura, avançou cautelosa quarto adentro, enquanto a filha, precavida, aguardava à porta. Depois de desferir vassouradas a esmo nas paredes, alvoroçando as bichinhas, conseguiu acertar numa, que tombou morta. Com a ponta dos dedos apanhou-a pela asa, voltou ao telefone:

– Tem bunda grande sim.

– Riscadinha?

– Não. Toda preta.

– Está me parecendo vespa – disse o abelheiro, pensativo. – Posso ir até aí verificar. Se for abelha tudo bem, eu dou um jeito, não custa nada. Mas se for vespa a senhora vai ter de pagar a gasolina, que anda muito cara.

– Se for vespa eu pago a gasolina. E se não for também pago. A gasolina é a mesma, tanto para uma como para outra.

– Vou até aí.

Em pouco batiam no portão. A filha, já vestida, foi lá fora abrir:

– Mamãe, o abelhudo chegou.

Vespa não é abelha

Era um homem de meia-idade, acompanhado de um garotão, provavelmente seu filho. Deixou no carro aquelas roupas de astronauta das abelhas, só saltou de bonezinho na cabeça.

– Onde estão elas? – foi logo perguntando.

No quarto, bastou uma olhada e anunciou:

– Como eu desconfiava: vespa.

– Qual é a diferença?

– Vespa é vespa e abelha é abelha. É essa a diferença. Vespa não produz mel. Abelha, que produz mel, é a *Apis mellifera*. A vespa é braconídea, calcidídea, pompolídea, especídea ou vespídea mesmo. Chega?

– Chega – admitiu ela.

– Pois então vamos ver o que se pode fazer.

Foi apanhar no carro uma bomba de inseticida e entrou em ação. Em dois tempos, sob jatos fumigatórios, as vespas morriam. Aos punhados. Depois de liquidar com a última, o abelheiro informou:

– Não vou cobrar a gasolina, era mais perto do que eu pensava.

E sorrisinho matreiro:

– É só a senhora me prometer que se inscreve num curso de apicultura que eu tenho lá na Tijuca. Pra nunca mais na sua vida confundir abelha com vespa.

Ela prometeu.

A companheira de viagem

A moça vai para a Europa de navio e um amigo que lá se encontra lhe encomendou... um macaco. Para que ele quer um macaco, não cheguei a ficar sabendo, e creio que nem ela mesma. Em todo caso, como sua viagem será de navio, comprou o macaco, conforme a encomenda: um macaquinho desses pequenos, quase um sagui, de rabo comprido, que coçam a barriga e imitam a gente. Meteu-o numa gaiola e lá se foi para legalizar a situação do seu companheiro de viagem.

Não precisou propriamente de um passaporte para ele: precisou de atestado de saúde, de vacina, disso e daquilo – além do competente visto em cada um dos consulados dos países que pretende percorrer até chegar ao seu destino. Depois foi à companhia de navegação da qual será passageira cuidar da licença para ter o bichinho consigo a bordo.

O funcionário que a atendeu, sem querer criar dificuldades, fez-lhe ver que até então não estava previsto o transporte de macacos junto com os passageiros nos navios daquela frota.

– A senhora não me leve a mal, mas olhe aqui.

E mostrou-lhe um impresso no qual se estipulava que os passageiros teriam de pagar um acréscimo no preço da passagem, em escala crescente, para carregar consigo aves, gatos e cachorros.

– Macaco é a primeira vez que ocorre, por isso até hoje não foi incluído na tabela. Mas não se preocupe: ele poderá viajar como cachorro.

O que significava que ela teria de pagar o preço mais alto da tabela pela viagem do macaquinho.

– Como cachorro? – protestou. – E por que não como gato?

– Porque a incluí-lo em alguma categoria, me parece que a mais aproximada seja a dos cachorros.

– Por quê?

– Porque entre um macaco e um cachorro...

– Não vejo semelhança nenhuma entre um macaco e um cachorro.

O funcionário coçou a cabeça, no que foi logo imitado pelo macaquinho, preso na sua gaiola:

– Bem, mas também não acho que ele se pareça com um gato.

– Eu não disse que ele se parece com um gato – insistiu ela: – Só não vejo por que hei de pagar por ele segundo a tabela mais cara. Para mim ele podia ir até como ave. Já não está numa gaiola?

O homem começou a rir:

– Quer dizer que basta meter dentro de uma gaiola que é ave? Ave tem duas pernas, macaco tem quatro.

– Quer dizer que eu sou ave, porque também tenho duas pernas – retrucou ela.

– É uma questão de tamanho... – vacilou ele.

12

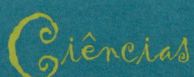

– De tamanho? E a diferença entre um avestruz e um beija-flor?

Os outros funcionários se aproximaram, interessados na controvérsia.

– Na minha opinião ele pode ir perfeitamente como gato – sugeriu um deles, conquistando logo um sorriso agradecido da dona do macaco. – Gato sobe em árvore, macaco também...

– Gato mia – tornou o homem: – Macaco mia?

– Não mia nem late, essa é boa.

– Ah, é? Basta latir para ser cachorro? Então au! au! au! Agora eu sou um cachorro.

– Eu não disse que bastava latir para ser cachorro – o outro funcionário respondeu, agastado. – Você disse que ele se parece mais com um cachorro. Eu disse que ele pode ir como cachorro ou como gato, tanto faz – a semelhança é a mesma.

– Ou como ave – acrescentou a dona do macaco.

– Não: como ave também não.

Outro passageiro, que aguardava a vez de extrair sua passagem, resolveu entrar na conversa:

– Me permitem uma sugestão?

Todos se voltaram para ele, interessados.

– A seguir esse critério de semelhança, vocês não chegam a resultado nenhum. Ave é ave, gato é gato, cachorro é cachorro.

– Macaco é macaco. E daí?

– Daí que os senhores têm de criar para ele uma categoria nova, eis tudo – encerrou o homem.

– Então vai pagar mais ainda que cachorro.

– Absolutamente. Macaco é o bicho que mais se assemelha ao homem. Esse macaquinho podia perfeitamente viajar como filho dela, por exemplo.

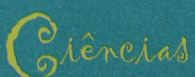

– Como filho meu? – protestou ela, indignada. – Tem cabimento o senhor vir dizer uma coisa dessas? Ele pode parecer é com o senhor, e com toda sua família, não comigo.

– Perdão – voltou-se o homem, muito delicado. – Não quis ofendê-la. Uma criancinha do tamanho deste macaco não pagaria nada, viajaria de graça. Era lá que eu queria chegar.

A essa altura resolveram consultar o gerente da companhia. Ele ouviu com silencioso interesse a explanação que lhe fez o funcionário, olhou para o macaquinho, para a dona dele, para os circunstantes.

– Vai como gato – decidiu peremptoriamente, encerrando a discussão.

Não sem antes acrescentar, em tom mais discreto:

– Aliás, devo dizer, a bem da verdade, que não se trata de um macaco, mas de uma macaca.

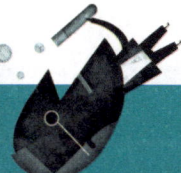

A companheira de viagem

Educação Física

Corro risco correndo

E já que todo mundo está fazendo *cooper*, resolvo fazer também. Escolho o calçadão de Ipanema, um quilômetro para lá e outro para cá – nem mais um metro.

E lá vou eu, em passo estugado, numa marcha batida que me faz lembrar o meu tempo de escoteiro.

Devo dizer que antes resolvi munir-me de traje adequado. Pensei em comprar um macacão, como vejo outros usarem, mas, ao experimentar na loja uma dessas indumentárias, me senti meio ridículo, fantasiado de atleta: todo verdolengo, com uma faixa branca ao longo da perna da calça apertada – e era o mais discreto de que dispunham. Coragem de andar na praia metido naquilo eu talvez tivesse, mas como chegar até lá? Quem me visse passando pelas ruas assim trajado saberia ser essa a minha intenção? Optei então por uma bermuda comum, camiseta e uma simples conga, depois de rejeitar o tênis especial para corrida que o empregado da loja queria por força que eu comprasse:

— Essa conga vai lhe dar bolha no pé, o senhor vai ver só.

Pois lá vou marchando impávido calçadão afora, escondido atrás de uns óculos escuros. Penso se não seria o caso de enterrar na cabeça um boné, mas vejo logo que não será preciso: as pessoas que cruzam comigo a correr não me conhecem, e parecem não fazer a menor questão de conhecer. De minha parte, não creio que vá esbarrar com alguma amiga, diante da qual gostaria de fazer bonito, em vez de me expor assim aos seus olhos.

Pois eis que vem lá um conhecido, e logo quem! É o próprio Werneck que se aproxima correndo. Não o Moacir Werneck de Castro — que o andar deste é outro, na maciota, e somente aos domingos — mas José Inácio, o colunista esportivo. Vem em disparada, braços pendentes ao longo do corpo e meio inclinado para a frente, como mandam as boas regras do *jogging*:

— Corre, Fernando! — diz ele, jovialmente.

Obedeço, e disparo a correr. Já resfolegando como locomotiva, em pouco avisto alguns metros adiante outro conhecido que vem vindo. Vem sem correr, num ritmo firme de soldado, como eu fazia até que o José Inácio me pusesse em brios:

— Não vá na conversa dele, Fernando. Faça como eu: andando.

E vai passando. É o Noronha, outro colunista. Tinha testemunhado de longe a advertência do seu colega. O Sérgio Noronha — mas isso aqui só dá comentarista esportivo! É gente que entende do riscado, e cada qual tem lá o seu método. Obedecendo ao do Noronha, que me pareceu mais sensato, caio de novo na marcha, vou seguindo em frente.

Não há dúvida, assim é mais fácil.

Eu sou é marchador.

Só que podia ir um pouco mais devagar.

Deixo o Noronha se afastar e diminuo o ritmo. Mas acabo me lembrando de um amigo, que também é doutor no assunto: corre todo dia os seus oito quilômetros às seis e meia da manhã, não deixa por menos. E na areia, que é muito mais difícil, segundo dizem. Pois para ele, o que importa é correr. Nem que seja bem devagar, me diz: não é preciso bater nenhum recorde de velocidade – só correr, e não andar. Por quê? Não sei.

Saio trotando pelo calçadão.

– Isso, Fernando!

Eis que encontro alguém que concorda comigo: um cidadão passa por mim no mesmo trote, emparelhado a dois companheiros. E grita de longe que está lendo um livro meu – só faltou dizer o que está achando.

Com alguns dias de prática, descubro o que todos esses entendidos em *cooper* estão querendo me ensinar: trata-se de descobrir cada um o ritmo que lhe é próprio e se entregar de alma leve e corpo descontraído, fazendo o mínimo de esforço para não forçar a máquina.

Porque a esta altura já sou uma máquina correndo em câmera lenta pela rua.

O meu ritmo é este.

O diabo é que acabo deixando também a mente solta, a vagar pelo espaço. E minha imaginação rola com as ondas na areia de Ipanema, e se perde na distância azul do mar. Antes de sair de casa, passei a manhã diante da máquina, tentando iniciar esta crônica. O papel em branco era um desafio à minha esterilidade mental. Agora as ideias vão afluindo, e se aglutinam, compondo frases que procuro fixar na memória, para lançá-las no papel assim que chegar em casa. Descubro que, para um escritor, nada mais inspirador do que uma corrida matinal. Mais tarde, comunico a descoberta à minha mulher, queixando-me de que tão logo regresso ao trabalho, as ideias se vão. Ela começa a rir e sugere que eu corra com a máquina de escrever pendurada no peito. O que vem comprovar mais uma vez que nem tudo que mulher diz é para se levar a sério.

O único risco que eu corro, a prosseguir nesta onda de inspiração que me impele praia afora, é me distrair e acabar em Jacarepaguá.

Um velho abanando os braços como se fosse levantar voo. Um magricela todo despingolado, pés tortos de deixa-que-eu-chuto. Uma mulher gordíssima, imponente como um transatlântico. Três meninas de tanga invisível, tudo de fora. Outro velho, inclinado para trás, num passinho cauteloso de mamãe-me-limpa. Um criolão de meter medo, com o macacão verde que eu não quis comprar. Uma mulherzinha se requebrando, bracinhos virados para fora. Vou seguindo em frente, esquivando-me de cocôs de cachorro, babás e carrinhos, mocinhas de bicicleta. Um jovem quase me atropela ao estacionar a motocicleta na calçada. Um careca, corpo de atleta, passa correndo:

– Solta os braços!

Não creio que seja cronista esportivo, nem mesmo meu conhecido. Concluo que faz parte da ética do corredor esse entendimento tácito ou explícito, às vezes um simples olhar de conivência.

Mas vejam só quem se aproxima!

Calça, camisa e sapatos comuns, nem correndo nem marchando, no seu passo de urubu malandro, braço dado com a mulher: o comentarista que o Brasil consagrou! Quan-

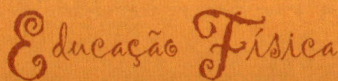

do me vê passar trotando como camelo velho, no embalo meio desengonçado, pernas bambas, braços sacolejantes, caindo para a frente como quem acaba de tropeçar e lá vai catando cavaco aos trancos e barrancos, João Saldanha sacode a cabeça e me cumprimenta com ar desolado de quem diz: esse não vai muito longe.

Ainda há pouco minha filha me telefonou para pedir-me um favor do fundo do coração: que eu pare com essa mania de correr. Três amigos seus (um deles cardiologista) já lhe disseram que me fizesse parar com isso, depois que me viram correndo.

Não vou parar, mas terei de mudar de estilo.

Corro risco correndo

Retrato do nadador quando jovem

O carro dobra a esquina e me vejo perdido na confusão de sempre: em frente ao cinema Veneza, os que vão para a esquerda estão à direita e os que vão para a direita estão à esquerda. Dou por mim entrando no posto de gasolina junto à piscina do Botafogo.

– Quantos litros?

Não, não quero gasolina: parei aqui por imposição do tráfego. Mas acho que obedeci, antes a um impulso do inconsciente: esta piscina sempre me intrigou. Uma construção esquisita, abaulada como o costado de um navio, sem revestimento, como uma obra inacabada – sempre que passo por aqui a caminho da cidade me dá vontade de ir lá dentro. Ver os nadadores, ver como vai indo a natação hoje em dia. Assistir talvez a uma competição um dia desses.

– Como é que se vai lá dentro?

Orientado pelo empregado do posto, conduzo o carro até o estacionamento debaixo da piscina. Uma piscina suspensa.

No meu tempo eu só podia conceber uma piscina como um buraco cavado no chão e cheio d'água.

O encarregado da portaria me diz que posso entrar à vontade. Pergunto pelo Sílvio Fiolo: seria bom assistir ao treino de um campeão. Mas ele não está – em compensação, Roberto Pavel deve chegar de uma hora para outra.

Subo os dois lances da rampa, o que não dá para me tirar o fôlego. Eis a piscina. Bela como a projeção de um *slide*, debruçada sobre a enseada, ao fundo do Pão de Açúcar. Parece flutuar sobre a corrente de tráfego que me trouxe até aqui. A água de um azul luminoso se agita com o movimento de dezenas de nadadores nas raias dispostas em sentido transversal. Alguns curiosos do mundo adulto, como eu – não serão ex-nadadores, mas simplesmente pais ou acompanhantes – se espalham na arquibancada, olhando distraidamente a meninada. Porque são todos bem jovens, nadador começa cedo. E, de repente, este ar úmido, esta atmosfera peculiar a todas as piscinas, este vago cheiro de cloro que me vem como uma emanação da minha juventude.

Dia de competição: o ambiente festivo, tenso de expectativa e emoção, longe da monotonia dos treinos e da despreocupação dos dias comuns. Havia qualquer coisa de silício naquela longa e obstinada mortificação do corpo para conquistar a vitória. Ou era a simples vaidade humana de ser um animal veloz? Participar de uma disputa a que ninguém nos obrigava, despender até o fim e além do fim o que tivéssemos de energia para conquistar alguns décimos de segundo – que ganhávamos com isso? Chegada a nossa vez, caminhávamos para a borda da piscina como condenados para o sacrifício. E no dia seguinte, passada a hora da provação, tudo recomeçava – o esforço minucioso e tenaz para conseguir baixar mais alguns décimos de segundo. Tudo isso para quê?

É o que a natação, como esporte, tem de mais trágico: tudo isso para nada. Sair da terra firme, fazer da água seu elemento e substância é para o nadador um desafio à sua própria natureza. Daí a tendência dos ex-nadadores para a aviação. Ou a fatalidade dos que morrem afogados.

Pavel é um ex-nadador de 34 anos, físico de atleta, fisionomia jovem e limpa, dedicado como um missionário à sua tarefa. Com dicção clara e elaborada, vai me explicando o que é a natação hoje em dia. Suas ideias são bem formuladas, denunciando excelente preparo em cursos especializados. Nada de noções empíricas do meu tempo, em que cada nadador era para o técnico um ser humano diferente, com maior ou menor jeito para o esporte. Fala em biomecânica, em *endurance*, em *interval training*, em método Cooper – não confundir com o teste Cooper, é o método mesmo. Estou sabendo. E em controle de pulsação cardíaca. Sei, sei. As emulações motivadoras. O campo somático e o campo psíquico. Tudo isso em meio à conversa, de maneira simples, despretensiosa e convincente. Estou sabendo. Natação hoje é uma ciência.

– Sei, sei...

Na verdade não estou sabendo mais nada, a explicação me deixou boquiaberto. Quer dizer que não basta cair n'água e sair nadando, aperfeiçoar o estilo e treinar sempre para melhorar o tempo. O nadador hoje é preparado como um cosmonauta antes de ser enviado à Lua. Suas reações são conhecidas e controladas cientificamente. O ritmo cardíaco, por exemplo, obedece a uma escala ideal que vai de 140 a 190 pulsações. Vinte tiros de 50 metros, com intervalo

de 5 segundos, que antigamente levariam um nadador ao cemitério, é coisa corriqueira no treinamento – porque a pulsação se mantém a 140. E assim por diante. O próprio nadador controla sua velocidade olhando um grande cronômetro eletrônico à beira da piscina. Uma complicada aparelhagem, cheia de luzes e botões, registra como um computador a chegada de cada um, com precisão de centésimos de segundo. Filmes de grandes nadadores são usados no estudo dos seus movimentos debaixo d'água. O treinamento acompanha as últimas descobertas no campo científico, e enquanto houver progresso na ciência, haverá progresso na natação. No tempo de Johnny Weissmuller os entendidos sacudiam a cabeça: não existirá ninguém mais veloz. Hoje suas marcas, como as de todo ex-nadador, nos fazem sorrir. E Pavel sacode a cabeça: existirá sempre alguém mais veloz. Se for assim, onde vamos parar?

Deixo a piscina com a sensação de estar no mundo do futuro – o que eu imaginava em meu tempo. Tempo de Maria Lenk e Piedade Coutinho, Arp e Vilar. Vilar, Isaac, Leônidas, Benevenuto e Mosquito – os cinco heróis da Marinha, que chegavam de avião, ganhavam todas as provas e iam embora! Qualquer menino destes que vi nadando ganharia de todos nós. Aqueles recordes de tartaruga tão duramente conquistados não me dão hoje ao menos o consolo de nadar 100 metros sem botar a alma pela boca. Acendo um cigarro (notei, pelo menos, que Pavel também fuma) e volto para o carro, pensando que esta foi uma maneira de lembrar a mocidade, como outra qualquer. Éramos apenas jovens nadadores, sem ciência nenhuma, e às vezes sem disciplina também: o pileque de gim com laranjada que Ivo Pitanguy e eu tomamos às vésperas de um campeonato brasileiro...

Olho ao redor: um campeonato realizado exatamente aqui – na piscina do Guanabara, de água salgada, que hoje parece enterrada sob esta, como as ruínas de um tempo morto.

Ética e Cidadania

A escada que leva ao inferno

Minha filha apareceu aqui em casa com um bando de amiguinhas, a meu pedido. Todas andam pelos 13, 14 anos. Era minha intenção conversar com elas, saber a quantas andam essas meninas hoje em dia, no início dos anos 1970. Talvez o fato de ser pai de uma delas as constrangesse um pouco, ou a mim mesmo – o certo é que eu não soube muito bem o que perguntar, e acabamos conversando generalidades. Pude apurar que continuam considerando *O pequeno príncipe* o melhor livro que já leram. Não leram muitos: uma citou *Fernão Capelo Gaivota*, outra citou *Jane Eyre*, nenhuma citou os livros da coleção "Menina-moça" do gênero *Poliana*. Em matéria de música, continuam todas gostando dos Beatles. Preferem Chico a Caetano. Sabem quem é o presidente dos Estados Unidos, mas não têm senão uma vaga ideia de quem seja Fidel Castro, nem o que é comunismo. Conhecem e empregam com candura os maiores palavrões existentes, para pontuar a conversa. Algumas já fumam, mas estão tentando parar. Em matéria de bebida, continuam grandes consumidoras de Coca-Cola (uma delas me perguntou se tinha cerveja. Não tinha). Quando me referi a namorados, limitaram-se a mencionar uns meninos chamados Dudu, Caco, Dida e outros apelidos assim: todos surfistas, "o maior barato".

O assunto não foi longe. O interesse delas me pareceu inconstante e difuso: falam ao mesmo tempo, se agitam, riem muito, acham graça em tudo. Estão naquela fase em que deixaram ontem de ser crianças e ingressam desprevenidas na puberdade, para mergulhar em breve nas águas escuras da adolescência. Não admiram os *hippies*: para elas são pessoas que escolheram viver à toa, mas à custa dos outros. Veem televisão por desfastio, não se entusiasmam pelas novelas nem pelos atores. Não leem nem jornais nem revistas. Não ligam para futebol nem nenhum esporte. Na verdade não ligam para nada. Estão na delas – não se cansam de repetir.

Não fiquei sabendo qual era exatamente a delas, e acabei eu próprio dizendo qual era a minha – entre outras coisas condenando o cigarro como o pior dos vícios, enquanto fumava um atrás do outro. Depois que saíram, fiquei pensando que talvez a precocidade delas venha a ser apenas aparente: estão exercendo inocentemente a sua meninice, até chegar a hora da verdade – a de enfrentar como mulheres o que a vida lhes reserva. E seja qual for o mundo de erros, confusão e violência que as espera, certamente conseguirão sobreviver.

Estava eu nesta ilusão, quando no dia seguinte... Parece até ter sido de encomenda: cinco meninas da mesma idade e da mesma classe social, alunas de um colégio, vieram me entrevistar, a mando de sua professora. Eu é que acabei por entrevistá-las – e apesar da naturalidade que procurei simular o tempo todo, fui passando aos sobressaltos, sur-

presa em surpresa, da simples curiosidade ao extremo estarrecimento. Acabei em estado de choque.

Não que eu seja assim tão careta, como elas próprias fizeram questão de admitir. Até que sou legal – segundo a condescendente opinião de uma delas. Exatamente a que me chamou de biriteiro quando me viu tomando uísque e perguntou, com a maior naturalidade, se eu não *descolava um baseado* para elas.

Baseado, para os não iniciados: maconha.

É isso aí: todas elas fumavam maconha.

Não éramos inocentes no nosso tempo, como muitos sustentam hoje em dia – e até acreditam estar falando a verdade. Se esquecem dos tremendos porres de gim, cachaça, ou o que quer que contivesse álcool, tomado às escondidas, às vezes no gargalo. E mais: havia quem gostasse de dissolver no cuba-libre, que era a bebida da moda, certo medicamento caseiro, afirmando que isso provocava (nunca cheguei a experimentar) a sensação a que hoje chamam de *barato*. E mais: pílula para ficar acordado – e nem sempre para estudar às vésperas de exame: de pura farra. Mas o nosso barato mesmo era curtido no Carnaval com o lança-perfume – e havia quem guardasse uma reserva para o ano inteiro.

Só que passamos por tudo isso aos 18 anos; éramos rapazes, tontos de mocidade, queríamos abraçar o mundo com as pernas e experimentar de tudo, por mera curiosidade. Nenhum de nós, ao que eu saiba, se tornou viciado – a não ser, é lógico, o famigerado cigarro com que preparo hoje o câncer de amanhã – e os poucos que fizeram do álcool um inimigo.

Ao passo que essas meninas de hoje – e são meninas! – se iniciam na maconha aos 13 anos. É possível que nisso também sejam precoces, como em tudo mais: passam por essa fase só de curiosidade, em breve estarão noutra – como as que me visitaram na véspera.

A escada que leva ao inferno

Seria bom acreditar que assim seja – se fosse só isso.

Uma das meninas, a mais viva e inteligente, guriazinha de cabelos longos e corpo ainda de criança apesar da puberdade já manifesta, me disse a certa altura que hoje está só "no fumo": abandonou "todo o resto".

Resto? Que resto?

Ela foi desenrolando a sua história, a cada pergunta minha. Viciou-se em maconha aos 11 anos: puxava fumo o dia inteiro. (Hoje *só* consome dois cigarros por dia.) A própria mãe a iniciou: fumava na vista da filha, juntamente com o pai e as visitas; largava os cigarros de maconha por todo lado, propositadamente, como por esquecimento, para que ela experimentasse. Quando a mãe a viu fumando, lhe disse que era isso mesmo, maconha não tinha importância: só não cheirasse pó (a tia é viciada em cocaína), "a não ser depois dos trinta anos, quando a mulher já não tem mais nada a esperar da vida". Até que um dia a tia a iniciou também nesse vício. O primo (17 anos) se encarregava de arranjar a droga, que mais tarde ela própria passou a obter "com a turma da praça". Da última vez pagou 300 cruzeiros por duas gramas. E onde arranjava dinheiro? Ela riu: na carteira do pai, na bolsa da mãe – "descolava pelo menos quinhentos de cada vez". Que pais eram esses, que não davam por falta de quantias tão grandes? Sim, eles são ricos, mas estão se psicanalisando – em sua casa o dinheiro vai todo para os analistas. Ela própria tem o seu. E cruzou as pernas que a minissaia deixava à mostra, atirando os cabelos por sobre os ombros com as costas das mãos, num gesto a um tempo coquete e nervoso, incontidamente repetido como o sestro dos viciados:

– Mas eu acho que consegui parar em tempo.

Corri os olhos pelas outras, que ouviam nossa conversa com naturalidade:

– E vocês?

Sim, também já haviam experimentado. Passei adiante: e LSD? Uma delas me disse que tomou ácido pela primeira vez com o namorado, um menino de 17 anos. Outra disse que uma amiga trouxe para ela do Peru. Outra ainda conseguira "de um cara que fornece fumo para nós" (de graça da primeira vez, através de um menino por ele aliciado e que acabara também traficante). Elas próprias conheciam várias bocas de fumo e vendedores de pó, sabiam obter diretamente.

Eu ouvia tudo aquilo como se estivesse sonhando: parecia uma conversa inocente de crianças, falavam de drogas e entorpecentes como sobre doces e sorvetes. Quem sabe o inocente era eu? Quer dizer que todo mundo aceita isso, ninguém mais se espanta? Nem mesmo a ilegalidade que praticavam as assustava? E o risco que corriam? Elas riram, como se eu estivesse falando um absurdo. Pois não seria eu que haveria de denunciá-las, ficassem tranquilas: fiz mesmo questão de não lhes perguntar os nomes, nem onde moravam, nem de que colégio eram. Limitei-me a continuar descendo um a um os degraus da escada que leva ao inferno: bolinhas? Só de vez em quando. Uma disse que tem uma irmã de 18 anos que está tomando quarenta por dia: já não fala direito, baba o tempo todo, tem os movimentos descoordenados. Outra disse que guarda em casa um monte de receitas. Arrisquei ainda mais, usando a linguagem delas: e pico? Não, ainda não experimentaram. Mas o tal primo de 17 anos está com os dois braços inutilizados, agora tem que tomar picadas nas veias do pé. Uma menina conhecida delas, em vez de heroína, injeta na veia bolinha dissolvida.

A esta altura eu estava tonto – quem parecia drogado era eu. Desviei a conversa para assuntos mais amenos: o amor, por exemplo. Elas tinham namorado? Pretendiam se casar com eles?

Bem, casar, propriamente, não: morar junto, talvez. Experimentando antes, é claro. Eu já esperava por tudo, mas não pelo que uma delas acrescentou – justamente a que foi iniciada na maconha pela mãe:

– Eu, por exemplo, experimentei pela primeira vez na semana passada.

Aos 13 anos, com o namorado de 17. Já haviam tentado antes, mas ele havia fracassado. Concordou comigo que ainda não se sente muito preparada, pode ser que mais tarde seja melhor. Para surpresa minha, as outras se manifestaram indiferentes – ainda não estavam pensando nisso: deixariam para mais tarde – quando tivessem 15, 16 anos...

De repente ela se voltou para mim com intensidade:

– Você acha que eu devo parar com o fumo também?

– É claro que deve – respondi com convicção.

– O que eu preciso é de apoio – confessou ela.

Aquilo me comoveu. Tive pena daquela criança tão desprotegida num mundo feroz a ameaçá-la por todos os lados. Tanto poderia se salvar como acabar brutalizada e morta aos 16 anos numa cama de motel. Que fazer por ela? Pensei em lhe sugerir uma fonte qualquer de interesse imediato, emprestar-lhe um livro. Não haveria de ser uma leitura piegas sobre a moral e os bons costumes: alguma coisa que tocasse mais fundo a sua sensibilidade tão machucada pela vida.

Uma amiga minha que chegara em tempo de ouvir parte da sua história, tão impressionada como eu, sugeriu o livro certo: Clarice Lispector.

– Este você vai curtir – avisei. – Mas para isso é preciso deixar o fumo primeiro.

Ela se foi em meio às outras, e alguns dias se passaram. Hoje de manhã me telefonou para dizer que havia começado a ler o livro, e estava gostando.

A escada que leva ao inferno

Menino de rua

Eram dez e meia da noite e eu ia saindo de casa quando o menino me abordou. Por um instante pensei que pedia dinheiro. Cheguei a lhe estender uma nota, ele pareceu surpreendido mas aceitou.

    Usava uma camisa velha e esburacada do Botafogo. O calção deixava à mostra as perninhas finas que mal se sustinham nos pés descalços. Era moreno, com aquela tonalidade encardida que a pobreza tem. Segurava uma pequena caixa de papelão já meio desmantelada.

– Que é mesmo que você pediu? Não foi dinheiro?
– Uma coberta.
– Uma coberta? Para quê?
– Pra eu dormir.

    Realmente estava frio, mas onde ele queria que eu arranjasse uma coberta? O jeito era voltar em casa, descobrir uma coberta velha, trazer para ele.

    Foi o que fiz: apanhei uma colcha já usada mas ainda de serventia e lhe trouxe. Ele aceitou com naturalidade, sem me

olhar nos olhos. Não parecia ter mais de nove anos, mas me disse que já tinha 13.

– Onde é que você dorme?

– Num lugar ali – e fez um gesto vago para os lados da praça General Osório.

– Dorme sempre na rua? Não tem casa?

– Tenho.

– Onde?

– Em Austin.

– Onde fica isso? É longe daqui?

– Não é não. Fica no estado do Rio.

– Por que você não vai pra casa?

Ele mordeu o lábio inferior, calado um instante, mas acabou respondendo:

– Mamãe me expulsou.

– Por quê? Alguma você andou fazendo.

– Não fiz nada não – reagiu ele, de súbito veemente. – Minha irmã é nervosa, quebrou o vidro da televisão e disse que fui eu. Então minha mãe me expulsou.

– Quando foi isso?

– Tem quase três anos.

– Três anos? E você nunca mais voltou?

– Voltei não.

– Como é que você viveu esse tempo todo? Que é que você come?

– Peço resto de comida.

– Para que serve esse papelão?

– Pra cobrir o chão de dormir.

– Você tem algum amigo?

– Não gosto de amigo não. Amigo faz trapalhada e a gente é que acaba preso.

O nome dele era Carlos Henrique.

Menino de rua

– Volta pra casa, Carlos Henrique.

E fiz uma pequena pregação: mãe é sempre mãe, ela devia estar sentindo falta dele. Melhor em casa que ficar por aí na rua, sem ter onde dormir. A mãe trabalhava em Nova Iguaçu, ele me havia dito, devia viver da mão para a boca, mas ainda era para ele a melhor solução. Não tinha nem nunca teve pai.

– Você sabe ir até lá?

– Sei. Vou de ônibus até a Central e lá pego o trem até Austin.

– Então vai mesmo, hein?

Ele prometeu ir assim que o dia clareasse. Para isso dei-lhe mais algum dinheiro e ele se afastou, com sua colcha e seus pedaços de papelão, esgueirando-se pelos cantos como um ratinho.

Não acredito que tenha ido. Certamente continuará rolando por aí mesmo, mais dia menos dia transformado em pivete, se exercitando na prática de pequenos furtos, em que, pelo jeito, ainda não se iniciou.

E se por acaso voltarmos a nos encontrar daqui a uns poucos anos, não me resta nem a esperança de que me reconheça e não me mate – pois seguramente e com justas razões já terá se tornado assaltante.

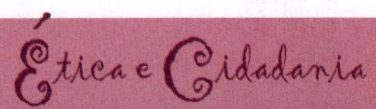

Quando este texto foi publicado, recebi carta de uma "fã e leitora assídua" criticando, em termos delicados mas discretamente agressivos, meu comportamento em relação ao menino: "uma atitude denunciadora do óbvio, pois todos nós estamos cansados de saber que menores abandonados serão futuros pivetes...". E me interpelava: "Por que só arguições, dinheiro, conselhos que não serão seguidos? Por que não uma atitude mais concreta? Afinal, você pertence a nossa *intelligentsia*, tem acesso a todas as camadas sociais e políticas. Por que não usar do seu prestígio para conseguir um colégio, um orfanato, enfim, um lugar para acolher esse ser carente, não só de coberta, mas sobretudo de Amor?".

Depois de informar que ela própria já havia ajudado alguns garotos, encaminhando-os a orfanatos, creches, empregos, através de seus conhecimentos pessoais, encerrava a carta afirmando que "jamais deixaria uma criança esgueirar-se como um ratinho, tendo nas mãos apenas uma colcha e não uma Esperança".

Em resposta, enviei-lhe uma carta, concordando integralmente com suas palavras e reconhecendo nada me haver ocorrido no momento senão escrever sobre o menino, como era de meu ofício, e fazer do episódio uma denúncia da ordem social iníqua em que vivemos. Eventualmente poderia servir também para tocar consciências sensíveis como a dela, provocando-lhe o generoso impulso de me escrever para despertar a minha que, sem dúvida, devia andar mesmo meio adormecida. Por isso agradecia sua carta, franca e oportuna, certamente um estímulo para procurar dali por diante seguir o seu exemplo.

Posso não ter seguido – mas voltando aqui ao assunto, alertando outras consciências, pelo menos continuo cumprindo humildemente a minha tarefa como escritor.

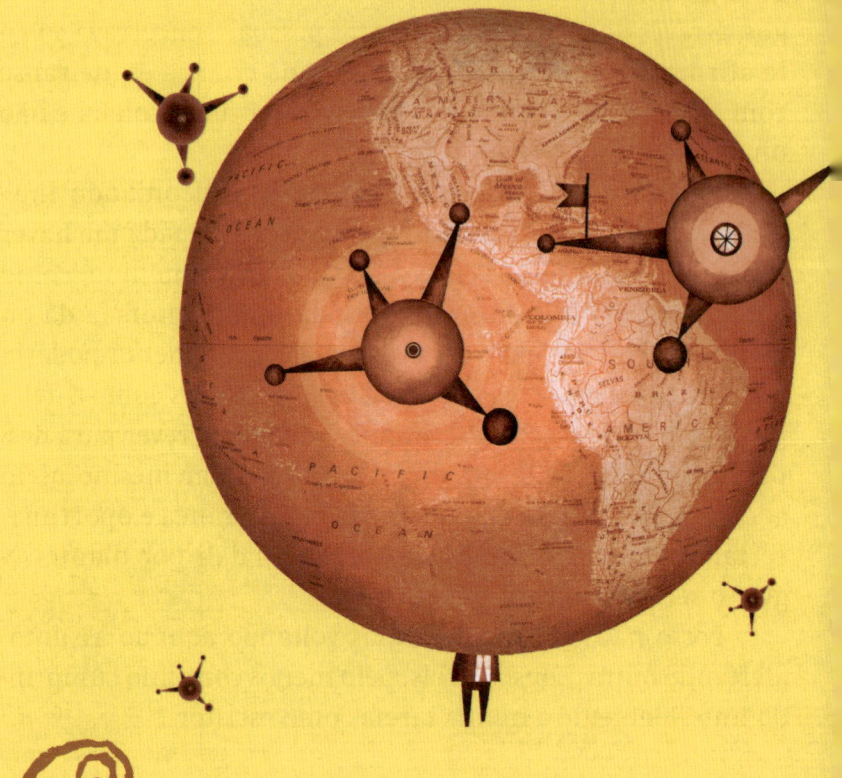

Geografia

Com o mundo nas mãos

Bernardo tem cinco anos mas já sabe da existência do Japão. E aponta para o céu com o dedo:
— É atrás daquele teto azul que fica o Japão?

Tenho de explicar-lhe que aquilo é o céu, não é teto nenhum.
— Mas então o céu não é o teto do mundo?
— Não: o céu é o céu. O mundo não tem teto. O azul do céu é o próprio ar. O Japão fica é lá embaixo — e apontei para o chão. — O mundo é redondo feito uma bola. Lá para cima não tem país mais nenhum não, só o céu mesmo, mais nada.

Ele fez uma carinha aborrecida, um gesto de desilusão:
— Então este Brasil é mesmo o fim do mundo. Daqui pra lá não tem mais nada...

Difícil de lhe explicar o que até mesmo a mim parece meio esquisito: o mundo ser redondo, o Japão estar lá embaixo, os japoneses de cabeça pra baixo, como é que não caem? Às vezes, andando na rua e olhando para cima, eu mesmo tenho medo de cair.

Na primeira oportunidade compro e trago para casa um mapa-múndi: um desses globos terrestres modernos, aliás de fabricação japonesa, feitos de matéria plástica e que se enchem de ar, como os balões. O menino não lhe deu muita importância, quando apontei nele o Japão e a Inglaterra, o Brasil, os países todos. Limitou-se a fazê-lo girar doidamente, aos tapas, até que se desprendesse do suporte de metal. Logo se dispôs a sair jogando futebol com ele, não deixei. Consegui convencê-lo a ir destruir outro brinquedo, o secador de cabelo da mãe, por exemplo, que faz um ventinho engraçado – e assim que me vi só, tranquei-me no escritório para apreciar devidamente a minha nova aquisição.

Com o mundo nas mãos, descobri coisas de espantar. Descobri que a Coreia é muito mais lá para cima do que eu imaginava – uma espécie de penduricalho da China, ali mesmo no costado do Japão. O que é que os Estados Unidos tinham de se meter ali, tão longe de casa? O Vietnã nem me fale: uma tripinha de terra ao longo do Laos e do Camboja. Aliás, a confusão de países por ali, eu vou te contar. Tem a Tailândia e tem Burma, dois países de pernas compridas, tem a Malásia, a Indonésia. A Tasmânia não tem. Pelo menos não encontrei. Continua sendo para mim apenas a terra daquele selo enorme que em menino era o melhor da minha coleção. Dou um piparote no mundo e ele gira diante de meus olhos, para que eu descubra o que é mais que tem. Outra confusão é ali nas Arábias, onde o pau anda comendo: Síria, Líbano, Arábia Saudita, Iêmen, e o diabo de um país cor-de-rosa chamado Hadramaut de que nunca ouvi falar. Estou ficando bom em Geografia.

Duvido que alguém me diga onde fica Andorra. A última pessoa a quem perguntei, me disse que ficava nos limites do Aznavour. Pois fica é logo aqui, encravada entre a França e a Espanha, um paisinho de nada, vê quem pode.

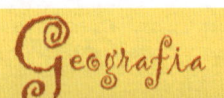

E fez aquele sucesso todo no Festival da Canção. Em compensação a Antártida é muito maior do que eu pensava, ocupa quase todo o polo Sul. E é bem no centro dela que eu tenho de soprar para encher o mundo.

De repente me vem uma ideia meio paranoide. De tanto apalpar o globo de plástico, ele acabou meio murcho, acho que o ar está escapando. E quando me disponho a enchê-lo de novo, imagino que eu seja um ser imenso solto no espaço, botando a boca no mundo para enchê-lo com meu sopro. O nosso planeta é mesmo uma bolinha perdida no cosmo, e do tamanho desta que tenho nas mãos é que os astronautas devem tê-lo visto da Lua: uma linda esfera de manchas coloridas, com seus oceanos cheios de peixes e singrados por navios, as cidades agarradas aos continentes, ruas cheias de automóveis, casas cheias de gente, o ar riscado de aviões, de gaivotas, e de urubus... Tudo isso pequenino, insignificante, microscópico, os homens se explorando mutuamente, se maltratando, se assassinando para colher um segundo de satisfação ao longo de séculos de História, não mais que alguns minutos em face da eternidade. Que aventura mais temerária, a de Deus, escolhendo caprichosamente este lindo e insignificante planetinha para a ele enviar através dos espaços o seu Filho feito homem, com a missão de redimir a nossa pobre humanidade.

Faço votos de que tenha valido a pena e que um dia ela se veja redimida. Até lá, este mundo não passará mesmo de uma bola, como esta que meu filho Bernardo, irrompendo alegremente no escritório, me arrebata das mãos e sai chutando pela casa.

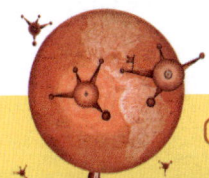

Turco

Assim que chegou a Paris, foi cortar o cabelo – coisa que não tivera tempo de fazer ao sair do Rio. O barbeiro, como os de toda parte, procurou logo puxar conversa:
– Eu tenho aqui uma dúvida, que o senhor podia me esclarecer.
– Pois não.
– Eu estava pensando... A Turquia tomou parte na última guerra?
– Parte ativa, propriamente, não. Mas de certa maneira esteve envolvida, como os outros países. Por quê?
– Por nada, eu estava pensando... A situação política lá é meio complicada, não?
Seu forte não era a Turquia. Em todo caso respondeu:
– Bem, a Turquia, devido a sua situação geográfica... Posição estratégica, não é isso mesmo? O senhor sabe, o Oriente Médio...
O barbeiro pareceu satisfeito e calou-se, ficou pensando.

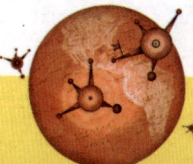

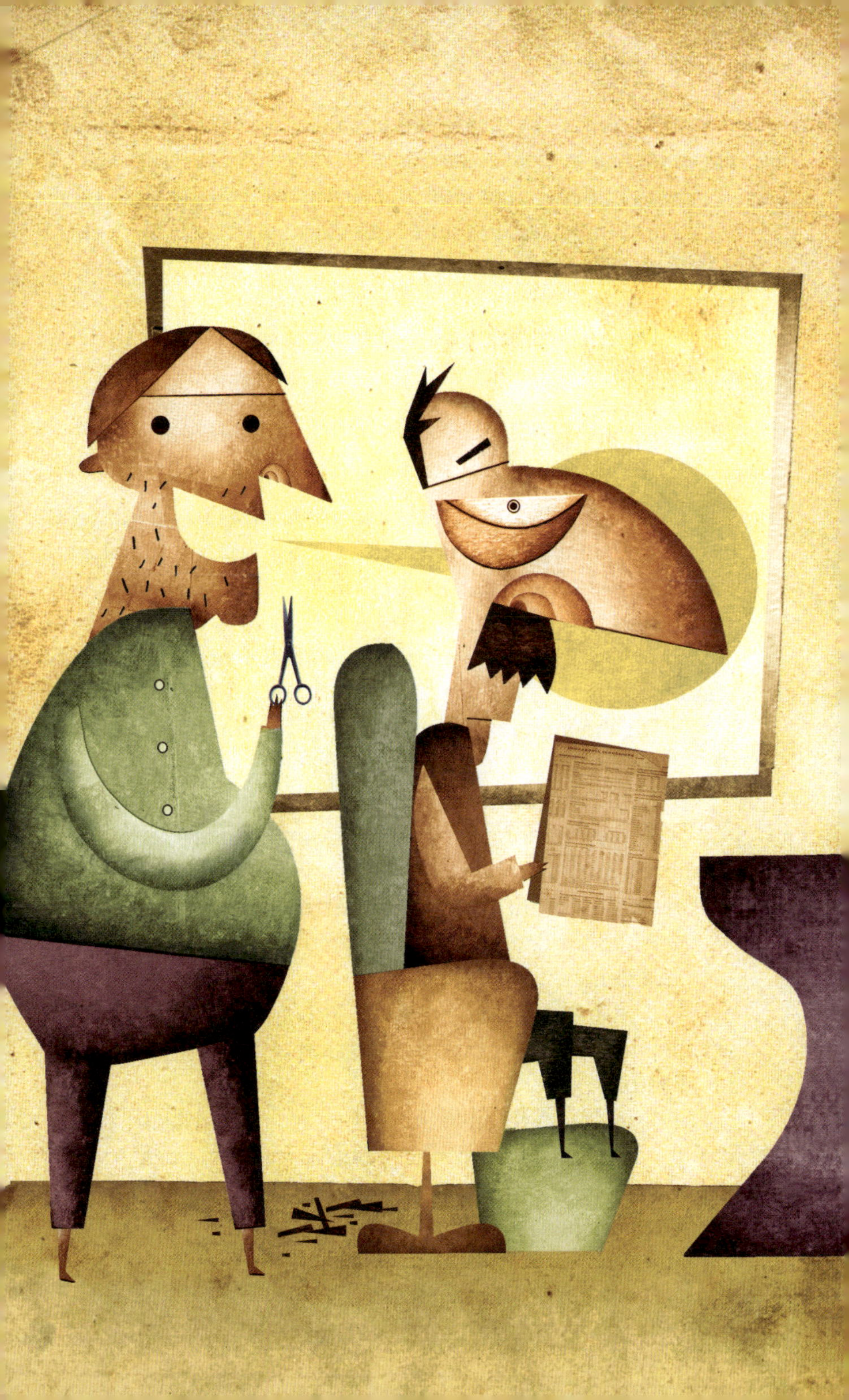

Alguns dias depois ele voltou para cortar novamente o cabelo. Ainda não se havia instalado na cadeira, o barbeiro começou:
— Os ingleses devem ter muito interesse na Turquia, não?
Que diabo, esse sujeito vive com a Turquia na cabeça — pensou. Mas não custava ser amável — além do mais, ia praticando o seu francês:
— Devem ter. Mas têm interesse mesmo é no Egito. O canal de Suez.
— E o clima lá?
— Onde? No Egito?
— Na Turquia.
Antes de voltar pela terceira vez, por via das dúvidas procurou informar-se com um conterrâneo seu, diplomata em Paris e que já servira na Turquia.
— Dessa vez eu entupo o homem com Turquia — decidiu-se.
Não esperou muito para que o barbeiro abordasse seu assunto predileto:
— Diga-me uma coisa, e me perdoe a ignorância: a capital da Turquia é Constantinopla ou Sófia?
— Nem Constantinopla nem Sófia: é Âncara.
E despejou no barbeiro tudo que aprendera com seu amigo sobre a Turquia. Nem assim o homem se deu por satisfeito, pois na vez seguinte foi começando por perguntar:
— O senhor conhece muitos turcos aqui em Paris?
Era demais:
— Não, não conheço nenhum. Mas agora chegou a minha vez de perguntar: por que diabo o senhor tem tanto interesse na Turquia?
— Estou apenas sendo amável — tornou o barbeiro, melindrado. — Mesmo porque conheço outros turcos além do senhor.
— Além de mim? Quem lhe disse que sou turco? Sou brasileiro, essa é boa.

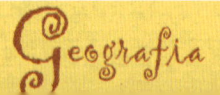

– Brasileiro? – e o barbeiro o olhou, desconsolado. – Quem diria! Eu seria capaz de jurar que o senhor era turco...
Mas não perdeu tempo:
– O Brasil fica é na América do Sul, não é isso mesmo?

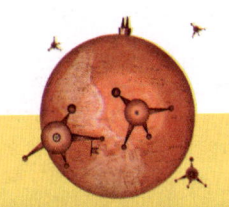

Gramática

De mel a pior

– Qual é a primeira pessoa do presente do indicativo do verbo adequar? – pergunta-me ele ao telefone.
– Nós adequamos – respondo com segurança.
– Primeira do singular – insiste ele.
– Espera lá, deixe ver. Com essa você me pegou.
E arrisco, vacilante:
– Eu adéquo?
– Não, senhor.
– Eu adeqúo? Não pode ser.
– E não é mesmo.
– Então como é que é?
– Quer dizer que você não sabe?
– Deixe de suspense. Diga logo.
– Não tem. É verbo defectivo.
– E você me telefonou para isso?
Verbo defectivo. Tudo bem. Eu não teria mesmo oportunidade de usar esse verbo na primeira pessoa do singu-

lar do presente do indicativo. Nunca me adéquo a questões como esta.

– Presente do indicativo ou indicativo presente? – é a minha vez de perguntar. – No nosso tempo era indicativo presente.

E é a vez dele não saber. Desculpa-se dizendo que andaram mudando tanto a nomenclatura gramatical, que a gente acaba não sabendo mais nada.

– E o verbo delinquir? – torna ele.
– Que é que tem o verbo delinquir – quero saber, cauteloso.
– A primeira do singular?
– Não tem. Também é defectivo.

Mas ele é teimoso:
– E se um criminoso quiser dizer que não delinque mais?
– Se usar esse verbo, já delinquiu.

E acrescento, num tom de quem não sabe outra coisa na vida:
– Além do mais, leva trema no u. Para que se fale delin-*cuir*, que é a pronúncia correta.
– Quem fala delinqir, sem o u, vai ver é da polícia.
– Ou quem fala tóchico, como diz o Millôr.
– O Millôr fala tóchico?
– Não. O Millôr é que disse que quem fala... Ora, deixa para lá.

Ele volta à carga:
– O trema já não foi abolido?
– Que abolido nada. Aboliram tudo, menos o trema.*
– Por falar nisso, outro verbo defectivo.
– Qual?
– Abolir: não tem primeira do singular.

---

* Este texto foi publicado originalmente em 1983. Com o novo Acordo Ortográfico, de 2009, o trema foi suprimido.

— Como não tem? – reajo. – Eu abulo.
— Neste caso seria eu abolo.
— Coisa nenhuma. Eu abulo, sim senhor.

E invoco a autoridade de quem sabe o que diz:
— Não é eu expludo? Pelo menos o Figueiredo não me deixa mentir.
— O Cândido ou o Fidelino?
— O João mesmo. O presidente. Ele falou expludo e não explodo.
— Se vale essa regra, deveria ser eu cumo, eu murro, eu murdo...
— Então me diga uma coisa: você sabe qual é a primeira do singular do verbo parir no indicativo?
— Ninguém pare no indicativo.
— Pare, e em todos os tempos, meu velho.
— Esse, quem não corre risco de usar sou eu.
— Pois então fique sabendo: é simplesmente igual à primeira pessoa do singular do verbo pairar.
— Eu pairo?
— É isso aí. Uma senhora que tem muitos filhos pode perfeitamente dizer: eu *pairo* um filho por ano.
— Co's pariu!
— Se não quiser acreditar, não acredite.

É a vez dele:
— Você sabe qual é o plural de mel?
— Já vem você. Mel não tem plural.
— Como não tem? Tem até dois.

E me conta que outro dia um entendido em mel fazia uma preleção sobre o assunto na televisão. No que saiu do singular para se meter no plural, quebrou a cara:
— Acabou falando que existem muitos mels diferentes.
— E não existem?

— Existem. Mas não mels. Com essa ele se deu mal.
— Se deu mel, então.

Era a asa da imbecilidade começando a ruflar aos meus ouvidos:

— Ou você vai me dizer que mel também é verbo defectivo?
— Perguntei a uma amiga que entende.
— De mel?
— Não: de plural. Ela confirmou: tanto pode ser méis como meles. Mels é que jamais.

A esta altura o mentecapto fala mais alto dentro da minha cabeça:

— Dos meles, o menor.

Como ele não responde, acrescento:

— Até logo. Melou o assunto.

E desligo o telefone.

Eloquência singular

Mal iniciara seu discurso, o deputado embatucou:
— Senhor presidente: não sou daqueles que...
O verbo ia para o singular ou para o plural? Tudo indicava o plural. No entanto, podia perfeitamente ser o singular:
— Não sou daqueles que...
Não sou daqueles que recusam... No plural soava melhor. Mas era preciso precaver-se contra essas armadilhas da linguagem — que recusa? —, ele que tão facilmente caía nelas, e era logo massacrado com um aparte. Não sou daqueles que... Resolveu ganhar tempo:
— ... embora perfeitamente cônscio das minhas altas responsabilidades, como representante do povo nesta Casa, não sou...
Daqueles que recusa, evidente. Como é que podia ter pensado em plural? Era um desses casos que os gramáticos registram nas suas questiúnculas de português: ia para o singular, não tinha dúvida. Idiotismo de linguagem, devia ser.

– ... daqueles que, em momentos de extrema gravidade, como este que o Brasil atravessa...

Safara-se porque nem se lembrava do verbo que pretendia usar:

– Não sou daqueles que...

Daqueles que o quê? Qualquer coisa, contanto que atravessasse de uma vez essa traiçoeira pinguela gramatical em que sua oratória lamentavelmente se havia metido logo de saída. Mas a concordância? Qualquer verbo servia, desde que conjugado corretamente, no singular. Ou no plural:

– Não sou daqueles que, dizia eu – e é bom que se repita sempre, senhor presidente, para que possamos ser dignos da confiança em nós depositada...

Intercalava orações e mais orações, voltando sempre ao ponto de partida, incapaz de se definir por esta ou aquela concordância. Ambas com aparência castiça. Ambas legítimas. Ambas gramaticalmente lídimas, segundo o vernáculo:

– Neste momento tão grave para os destinos da nossa nacionalidade.

Ambas legítimas? Não, não podia ser. Sabia bem que a expressão "daqueles que" era coisa já estudada e decidida por tudo quanto é gramaticoide por aí, qualquer um sabia que levava sempre o verbo ao plural:

– ... não sou daqueles que, conforme afirmava...

Ou ao singular? Há exceções, e aquela bem podia ser uma delas. Daqueles que. Não sou UM daqueles que. Um que recusa, daqueles que recusam. Ah! o verbo era recusar:

– Senhor presidente. Meus nobres colegas.

A concordância que fosse para o diabo. Intercalou mais uma oração e foi em frente com bravura, disposto a tudo, afirmando não ser daqueles que...

– Como?

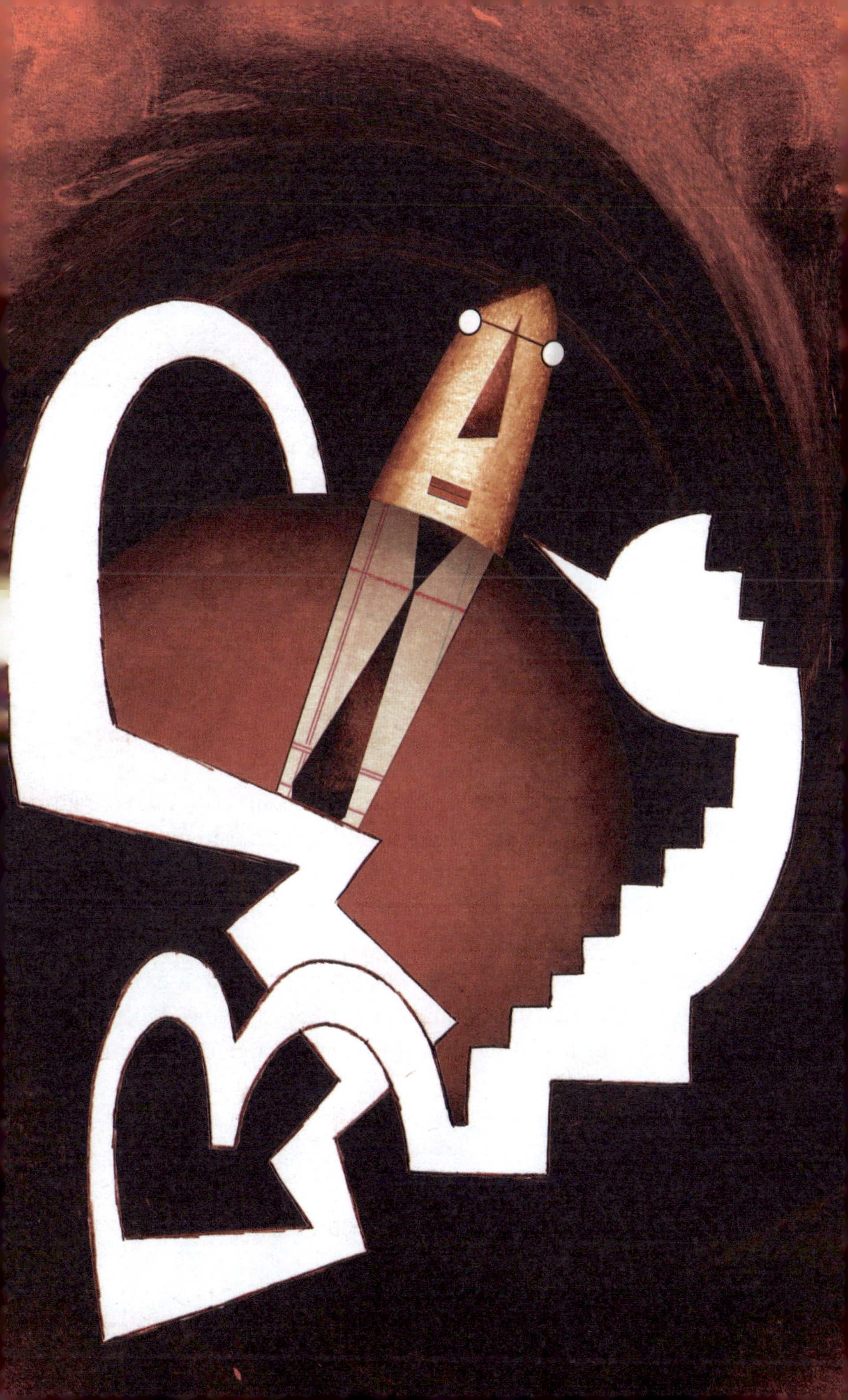

Acolheu a interrupção com um suspiro de alívio:
– Não ouvi bem o aparte do nobre deputado.
Silêncio. Ninguém dera aparte nenhum.
– Vossa Excelência, por obséquio, queira falar mais alto, que não ouvi bem – e apontava, agoniado, um dos deputados mais próximos.
– Eu? Mas eu não disse nada...
– Terei o maior prazer em responder ao aparte do nobre colega. Qualquer aparte.
O silêncio continuava. Interessados, os demais deputados se agrupavam em torno do orador, aguardando o desfecho daquela agonia, que agora já era, como no verso de Bilac, a agonia do herói e a agonia da tarde.
– Que é que você acha? – cochichou um.
– Acho que vai para o singular.
– Pois eu não: para o plural, é lógico.
O orador prosseguia na sua luta:
– Como afirmava no começo de meu discurso, senhor presidente...
Tirou o lenço do bolso e enxugou o suor da testa. Vontade de aproveitar-se do gesto e pedir ajuda ao próprio presidente da mesa: por favor, apura aí pra mim como é que é, me tira desta...
– Quero comunicar ao nobre orador que o seu tempo se acha esgotado.
– Apenas algumas palavras, senhor presidente, para terminar o meu discurso: e antes de terminar, quero deixar bem claro que, a esta altura de minha existência, depois de mais de vinte anos de vida pública...
E entrava por novos desvios:
– Muito embora... sabendo perfeitamente... os imperativos de minha consciência cívica... senhor presidente... e o declaro peremptoriamente... não sou daqueles que...

O presidente voltou a adverti-lo de que seu tempo se esgotara. Não havia mais por onde fugir:

– Senhor presidente, meus nobres colegas!

Resolveu arrematar de qualquer maneira. Encheu o peito e desfechou:

– Em suma: não sou daqueles. Tenho dito.

Houve um suspiro de alívio em todo o plenário, as palmas romperam. Muito bem! Muito bem! O orador foi vivamente cumprimentado.

Eloquência singular

História

Vinte penosos anos depois

Uma tarde de maio de 1944 um jovem de vinte anos aguardava sua noiva numa confeitaria da moda na Cinelândia. Ela telefonara para o seu novo emprego, marcando um encontro por motivo da maior importância, que lhe diria pessoalmente.

Que poderia ser? Ele fazia mil conjecturas enquanto esperava, desistindo do sorvete que preferiria tomar, em favor de um vermute, que lhe daria um ar mais adulto, como certamente a ocasião exigia.

– Uma audiência com o presidente – ela foi informando logo. – Para agradecer a nomeação.

Ir ao presidente agradecer algo que não lhe pedira significava para ele uma abdicação. A nomeação para o rendoso cargo surgira como uma injunção do casamento – por isso havia concordado. Mas agradecer ao ditador, que ele repudiava? (Além do mais o cargo nem tão rendoso era assim, como já tivera ocasião de verificar.) Nem por isso seus ideais democráticos de estudante haviam morrido, continuava a ter lá as suas convicções.

Ele seguia de cara amarrada no carro oficial, ao lado da moça: ela o havia vencido, mas não o convencera. Ganharam a rua Paissandu em direção ao Palácio Guanabara, residência presidencial naquele tempo. De súbito ele se inclinou para a frente e ordenou ao motorista que parasse:

– Você vai sozinha – disse, já abrindo a porta. – Te espero na praia.

Estavam quase transpondo os portões do palácio quando ele saltou e se afastou rapidamente sem olhar para trás. Ouviu o carro dando partida e foi caminhando em direção à praia. Mal vencera a segunda quadra, o carro voltava, detendo-se a seu lado:

– Mandaram buscar o senhor – e o motorista já saltava para abrir-lhe a porta.

Apanhado de surpresa, deu consigo já dentro do carro, que seguia de volta ao palácio. Na portaria um oficial de gabinete à sua espera o introduziu numa saleta onde a noiva o aguardava.

– Que aconteceu? – perguntou, intrigado.
– O presidente mandou te buscar. Ele te viu da janela.

A primeira vez que vi Getúlio Vargas de perto (em Belo Horizonte, 1943) eu usava uma farda de gala (emprestada) de oficial do Exército. A indumentária se impusera por duas razões: queria não deixar dúvidas de que havia terminado meu curso no CPOR, e não tinha casaca, que a ocasião exigia: tratava-se de casamento de uma contraparente, da qual o presidente era padrinho.

– Pronto para a guerra, tenente? – disse ele com um sorriso, quando lhe fui apresentado.

O sorriso me pareceu estereotipado como o de uma máscara. Este mesmo sorriso surpreendo agora em várias sequências de um filme sobre a sua vida, atualmente em exibição. Trata-se de um documentário com precioso material de pesquisa e cheio de interesse – mas nem por isso saio do cinema menos acabrunhado. A direção, embora revelando competência e sensibilidade, pareceu-me ter cometido, com a melhor das intenções, a falta de Jorge Ileli noutro excelente filme sobre o mesmo assunto que vi há tempos numa exibição particular. Ambos praticamente esqueceram a ditadura de Vargas e passaram como gato sobre brasas pelas verdadeiras razões de seu suicídio. Com isso contribuem para perpetuar um mito em que eles próprios parecem acreditar.

E saio acabrunhado do cinema porque o que eu pude ver foi a evocação de uma triste fase de nossa História: a vaidade, a ambição, o cinismo paternalista, o culto à personalidade, as presepadas cívicas, as fanfarrices do Poder, as diversões mundanas do mundo oficial – todo esse caldo de cultura que nos restou de uma época inspirada no homem cuja única preocupação foi sempre a de perpetuar-se no Poder.

Depois de uma das noites mais agitadas de nossa História, a manhã se firmou sobre a cidade, mas o silêncio continuou nos salões do Palácio do Catete. De repente se ouviu um tiro, vindo dos aposentos presidenciais. Eram exatamente 8 horas e 35 minutos do dia 24 de agosto de 1954.

Durante dez anos acreditei que esse disparo marcasse realmente um momento de grandeza na vida pública do homem que sempre ignorou as torpezas praticadas à sua sombra: as da ditadura que brutalizou o país de 1937 a 1945 e as que o levaram à morte em 1954. Hoje acredito que ele estava apenas saindo da vida para entrar na História, como disse em sua famosa carta-testamento. A ser ela autêntica – do que, aliás, nunca me convenci – ele buscou deixar atrás de si um legado de desentendimento e desordem que confundisse a nação e engrandecesse a sua memória: *après moi, le déluge*.

Recentemente, vinte penosos anos depois, os jornais se encheram de depoimentos daqueles que viveram ao seu redor – todos repassados de um respeito que ia da simpatia ao fervor. Mas nenhum me impressionou tanto como o que me deu um dia Juarez Távora: contou-me que durante seus despachos com o presidente, ficava estupefato com a quantidade de papéis que ele assinava. Getúlio chamara a si a tarefa de sacramentar com a sua assinatura todos os atos oficiais praticados, até mesmo os da mais simples rotina, como a nomeação ou dispensa de um servente. Parecia ter prazer em ver seu próprio nome brotar caprichosamente da pena, como autoridade suprema da Nação. E entrava pela madrugada adentro, às vezes a cabecear de sono, assinando, assinando...

O jovem casal continuava aguardando na antessala do palácio, silencioso e contrito como numa sacristia à espera do padre para a confissão. Certamente alguém viria buscá-los para a audiência presidencial, em algum imenso salão no recesso do palácio. Era o que ele pensava, procurando relaxar o corpo na poltrona e tentando organizar mentalmente o que diria. Decidiu não dizer nada, ela que falasse por ambos. Mais aliviado, pôs-se a observar o pequeno gabinete em que se achavam.

Poltronas de couro marrom, uma pesada mesa de madeira trabalhada, um tinteiro de prata, um mata-borrão. Ao fundo, uma cortina de veludo cor de vinho, de enfeites dourados, cobrindo a parede do teto ao chão, como a de um palco. Súbito percebeu que ela se agitava, abrindo-se no meio, arrepanhada por uma mão branca e delicada. De uma porta entreaberta – era na realidade um reposteiro – surgiu o presidente. Vestia

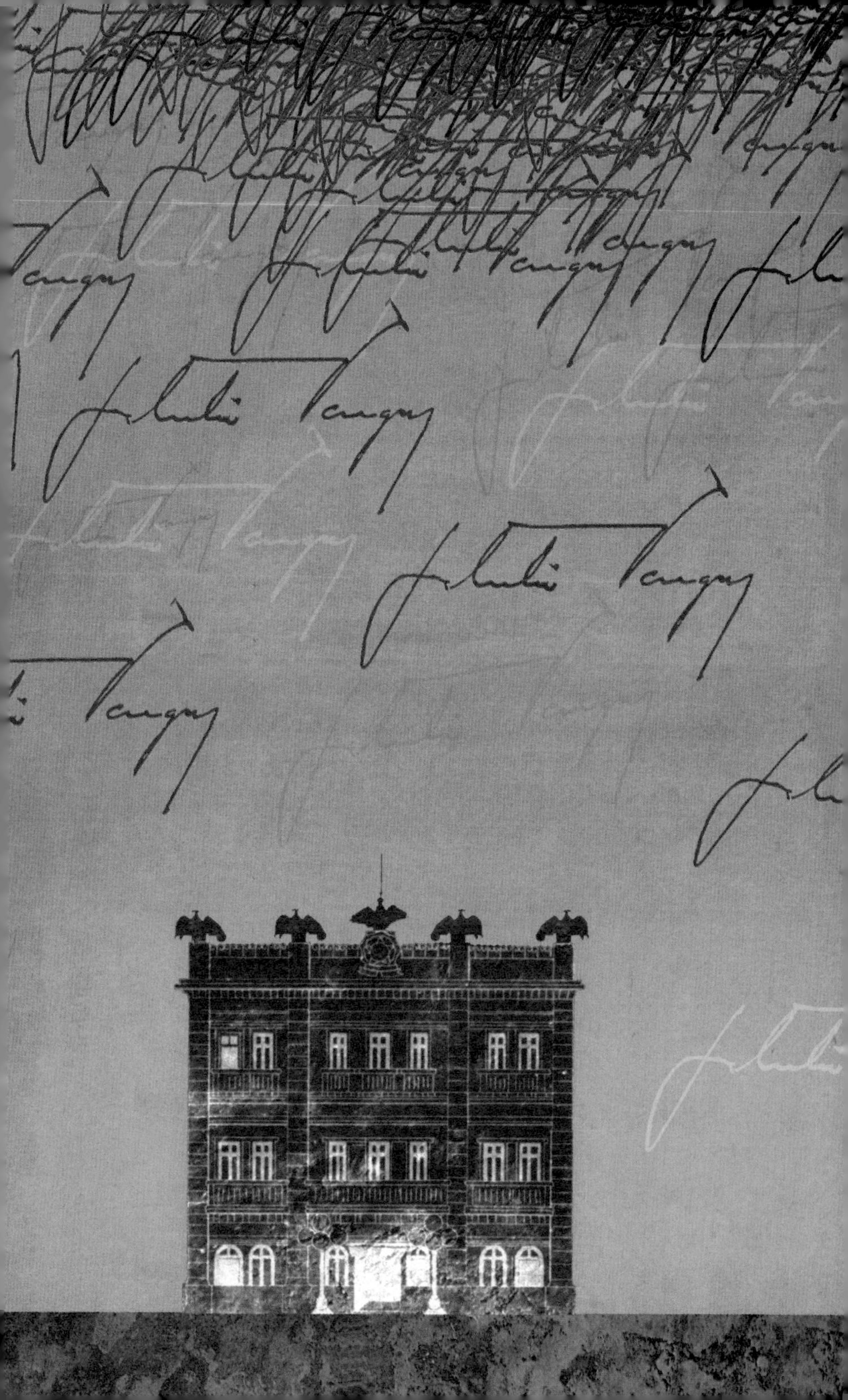

um terno branco de trespasse um tanto apertado, o que o fazia mais obeso, e trazia um charuto na mão. A pele do rosto bem barbeado era fina e rosada, como sob uma maquilagem de teatro. A sua entrada em cena, a sua postura, o charuto erguido no ar, o sorriso fixo, a cabeça levemente inclinada para um lado – todo ele parecia uma figura de teatro – como a daqueles cômicos de revista na praça Tiradentes que o imitavam: era a caricatura de si mesmo. Cumprimentaram-se, e a moça foi direta ao assunto, agradecendo a nomeação. O presidente voltou-se para ele:

– Estimo que estejas satisfeito. Já tomaste posse?

– Já – e, irresistível, só lhe vinha como resposta a lembrança de uma das anedotas a ele atribuídas. – Mas ainda não recebi os atrasados.

O presidente meneava a cabeça, ar complacente, como quem concorda sem prestar atenção. Mais algumas palavras de cortesia trocadas com a moça e se despediu, desaparecendo atrás da cortina. O rapaz estava perplexo: a audiência não durara três minutos. Desde então, nunca mais o viu.

E até hoje não entendeu por que ele fez questão de mandar buscá-lo.

Transição para a democracia

Certa manhã, abri a janela e o mundo havia mudado da noite para o dia. Já tinha havido o 20º Congresso do PCUS de 1956 denunciando os crimes de Stalin. E eu já estava em Londres, em 1964, com quarenta anos.

Parecia que os Beatles tinham riscado um fósforo e tocado fogo no mundo. A Igreja também, através da grande figura que foi o papa João XXIII, passou com o Concílio Ecumênico por uma verdadeira revolução. Quando é que eu, que admirava a opção pelos pobres do Abbé Pierre com seus *Trapeiros de Emaús*, uma exceção dentro da Igreja, poderia jamais imaginar que padre ainda ia ser tachado de comunista? De repente houve a dessacralização das artes, a desmitificação dos monstros sagrados, a permissividade sexual com o advento da pílula. Os princípios se desintegravam ao redor, e minha literatura com eles. O meu mundo caiu – como naquela canção de Maysa.

Por outro lado, tudo aquilo estava me saindo melhor do que a encomenda, mas meu comodismo me privava de qualquer disposição, que dirá competência, para participar de todas aquelas mudanças que anunciavam o advento de um mundo melhor. Menos no Brasil, é claro, mas sobre isso escreverei mais adiante.

Nunca me preocupei em sair da teoria e fazer alguma coisa de prático em favor dos meus semelhantes. Nunca me sacrifiquei por causa nenhuma – quero ter pelo menos o mérito de reconhecer isto. Moro neste prédio desde 1954 (com algumas saídas de permeio) e jamais participei de uma reunião de condomínio. Espero que os vizinhos me perdoem, é gente da melhor qualidade, nunca me incomodaram, acredito que nem eu a eles. Não cheguei a tocar aqui a minha bateria de jazz. O meu comodismo, tanto nas relações de vizinhança como na atividade política, é um pouco aquele de Diógenes no encontro com Alexandre, o Grande: não sou grande filósofo, mas só peço que não me tirem o sol.

Ainda assim, durante as eleições presidenciais de 1955, engajei-me na campanha do general Juarez Távora. Eu era amigo de Juscelino Kubitschek desde o seu tempo de prefeito de Belo Horizonte, na minha condição de noivo da filha de Benedicto Valladares, na ocasião governador de Minas Gerais. Quando Juscelino se elegeu deputado federal, eu costumava dizer, e ele achava graça, que era o meu candidato a prefeito do Rio de Janeiro, então Distrito Federal. Este mundo dá muitas voltas: jamais poderia imaginar que aquele homem sempre lépido e sorridente, a quem eu chamava familiarmente de *você*, ainda acabaria presidente da República, instalado num novo Distrito Federal.

Nunca conheci ninguém mais jovial, descontraído, cativante com todo mundo, e a quem Deus, como ele próprio disse, poupou o sentimento do medo. Mas não quis saber dele como candidato: era saltitante demais para o meu gosto. Optei

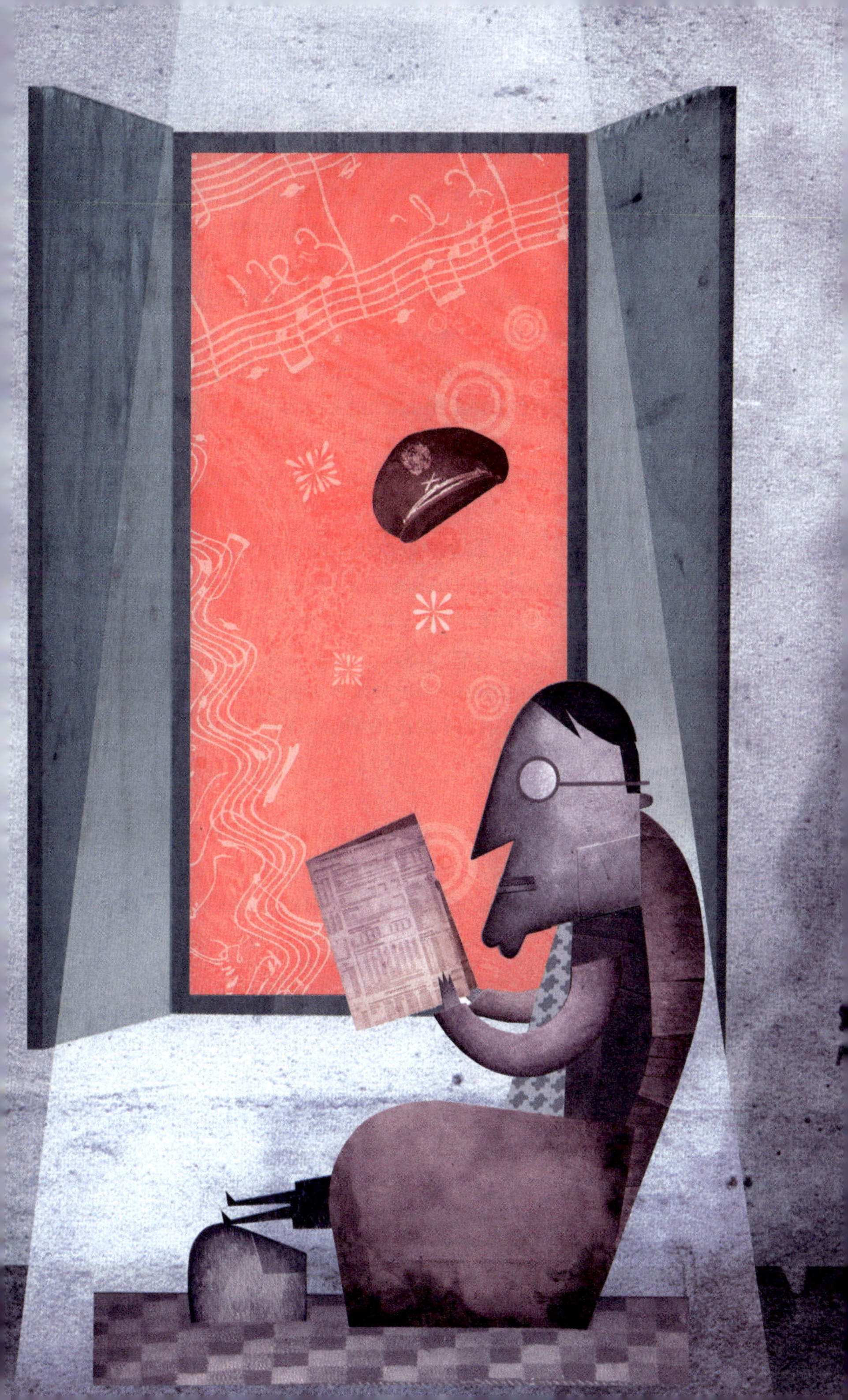

por Juarez, apesar de militar: achava que ele tinha a seriedade que o país exigia, depois de se ver livre de Getúlio Vargas.

E chegou minha vez de achar graça, quando um dia, sabendo disso, Juscelino comentou com alguém, se não me engano Geraldo Carneiro, também meu amigo, que viria a ser seu secretário particular na Presidência da República: "Não sei o que deu no Fernando, que é mineiro, e me trocou por um soldado cearense". Meu sogro, Benedicto Valladares, apoiava a candidatura de Juscelino, mas com certo temor dos militares, e só se manifestou comigo para resmungar um dia:

– Esse telegrafista ainda acaba nos levando todos para o buraco.

Conheci Juarez Távora por intermédio de Otto Lara Resende, que cobriu a entrevista coletiva dada por ele na ABI ao se lançar candidato, e me falou com entusiasmo nos murros na mesa que o general dera: "Os políticos atiram o Brasil no fundo do poço e depois pedem aos militares para tirá-lo de lá", dissera ele, furibundo. Combinamos fazer juntos, para *Manchete*, da qual Otto era diretor, uma entrevista de capa com Juarez.

Fomos à sua casa e fiquei impressionado com a honestidade e a independência que impregnavam todas as suas palavras: nunca tinha visto antes ninguém tão fiel à sua verdade, falando com tanta sinceridade no que acreditava, sem medir as consequências.

E ao mesmo tempo ninguém tão sóbrio e austero: a certa altura nos perguntou se queríamos tomar alguma coisa e, como aceitássemos, foi à cozinha e voltou com dois copos d'água numa bandeja.

Saímos de lá com uma entrevista que selou publicamente a sua candidatura. Nela lançamos os dois *slogans* da campanha: "A Revolução pelo voto" e "O Tenente de cabelos brancos".

Passei a viajar com Juarez por todo o Brasil: visitamos 155 cidades em cem dias. Valeu, pelo convívio com Milton Campos, candidato a vice-presidente e que viajava conosco. Eu andava meio disponível naquela época, morando sozinho, levando vida de solteiro. Pouco tempo antes passara 44 dias viajando de carro com Millôr Fernandes pelo Sul do Brasil, como despedida de nossa mocidade. Foi uma viagem memorável, que nos ligou ainda mais.

Millôr sempre foi meu amigo, desde que me mudei para o Rio. Eu costumava arrastá-lo comigo nas viagens com Juarez, entre outros jornalistas e amigos que também apoiavam a sua candidatura, como Mário Pedrosa, Castejon Branco, Fernando Lara. Fazia a cobertura da campanha para o *Diário Carioca* em dupla com Jânio de Freitas, na redação. Ajudava o candidato no que podia, convencido de que ele era a melhor solução para o país, como transição para a democracia. Acreditava que com Juarez na Presidência purgaríamos sem grandes traumas, democraticamente, e de uma vez por todas, os nossos militares, que vinham se preparando para salvar o país desde 1922.

Juarez perdeu e, hoje, tudo leva a crer que eu tinha razão. Só que não foi Juscelino, como previa Benedicto, mas Jango, que acabou nos levando para o buraco. Purgamos foi vinte anos de ditadura militar.

Inglês

Pérolas de tradução

A frase em inglês era:
The bride entered the church like an erect and elegant although a little too confident swan.
A jovem com pretensões a tradutora assim a verteu fielmente para o português:
"A noiva entrou na igreja como um aprumado e elegante embora um pouco confiante demais cisne."
Numa tradução dos poemas de William Blake para a nossa língua, encontro, entre outras, estas preciosidades: *pretty pretty robin* traduzido para "preto preto pardal"; *merry merry sparrow* para "meigo meigo melro"; *little lamb* para "lambidinha" – e assim por diante. Esta última me intrigou tanto que recorri ao dicionário para ver que diabo de lambidinha era essa. Não tem dúvida, *lamb* significa só cordeiro mesmo – deve ter sido alguma brincadeirinha do tradutor.
    Tudo bem – cada um traduz como quer. A não ser que acabe traduzindo o que não quer e tenha de se valer de uma

errata. Como aconteceu com Elizabeth Bishop, que viveu longos anos no Brasil mas era americana e, embora excelente poetisa, não podia conhecer bem algumas sutilezas da nossa língua. No livro de Robert Lowell *Quatro poemas*, por ela traduzido, o verso *A colored fairy tinkles the blues* ficou sendo "uma fada negra tilinta *blues*", o que exigiu a seguinte errata:

"Na página 190, linha 4, em vez de 'uma fada negra', leia-se 'um preto veado'."

Casos como esses em geral se devem a uma instituição que os editores se habituaram a chamar de "bagrinhos": pequenos tradutores desconhecidos, em geral estudantes, que se valem do relativo conhecimento de algum idioma estrangeiro para desincumbir-se da tarefa que lhes transfere um tradutor de renome. E nem se veja nessa prática uma exploração do trabalho alheio, pois muitas vezes se inspira em motivação nobre: a de proporcionar uma ajuda a alguém necessitado, cujo nome por si só não basta para conseguir trabalho de tradução. E a remuneração costuma ser tão baixa que acontece não raro acabar transferida na sua totalidade ao tradutor assim subempreitado. Também não chega a constituir propriamente uma fraude literária, desde que a tradução se submeta a uma criteriosa revisão por aquele que vai assiná-la.

Não se sabe qual era a de um tradutor ilustre como Monteiro Lobato, por exemplo, mas consta que ele teria de viver mais de cem anos para dar conta de todas as traduções com sua assinatura.

E a pressuposta supervisão de quem assina nem sempre é tão rigorosa quanto se espera. Como naquele caso do editor que reclamou do "tradutor":

– Vê se toma mais cuidado com essas suas traduções! Dá ao menos uma lida, que diabo!

Tinha razão em reclamar, pois, logo nas primeiras páginas, havia esbarrado com a seguinte frase, em bom português:
"– Eu te amo – *borbulhou* ela aos ouvidos dele."

São infindáveis os casos de infidelidade ao texto original, convertidos em anedotário – não há quem não cite um. Alguns já se tornaram clássicos, como o do telefonema que virou anel na frase *I'll give you a ring*, ou o do estado-maior que virou um general chamado Staff, na expressão *General Staff*. O tradutor, aliás afamado ficcionista, ao passar para o português um livro de guerra, tanto usou e abusou do pretenso General que, para justificar a sua presença em várias frentes de batalha pelo mundo, acrescentou uma frase por conta própria, afirmando que "o General Staff era um comandante tão extraordinário que parecia estar em vários lugares ao mesmo tempo".

Não é invenção minha: Moacir Werneck de Castro, na época comentarista literário de um jornal, ele próprio excelente tradutor, a cuja fina percepção não escapou essa tirada do outro, fez-lhe uma alusão em sua coluna, "não sem malícia e verve", como no verso de Vinicius. Encontrando-o pouco depois na rua, recebeu dele uma sentida queixa e, sensível ele próprio aos ditames da boa convivência entre confrades, justificou-se educadamente:

– Bem, não nego que haja um pouco de gozação no meu comentário. Mas você também não pode negar a mancada na sua tradução.

Ao que o "tradutor" lhe apresentou este argumento irrespondível:

– Como é que você queria que eu traduzisse, se eu não sei inglês?

Pérolas de tradução

A recíproca é verdadeira: nas traduções de livros brasileiros que se publicam no exterior também costuma haver mancadas, como é de se imaginar.

Eu mesmo já fui vítima de algumas. A de ver, por exemplo, numa versão inglesa do romance O encontro marcado, o personagem que em português se diz um romancista, afirmando: I am a romantic.

Imagino o que se passa com um Guimarães Rosa, cuja linguagem brasileira, mais rica e elaborada, pode dar margem a desastrosos equívocos. Ou Jorge Amado, que por essas e outras em geral prefere nem saber o que fazem de sua obra em língua estrangeira. Segundo me contou, numa das poucas vezes que se interessou deu logo com algo que não constava do original: um personagem que seguia pela estrada carregando uma garrafa de aguardente. Custou a descobrir como aquela garrafa havia surgido, já que o personagem, como o concebera, ia seguindo pela estrada apenas "com uma botina ringideira". Naturalmente, o tradutor devia ser bom era em espanhol e não em português, e daí a botina lhe ter soado como qualquer coisa parecida com botella, ou garrafa. E ringideira, em consequência, teria que ser uma espécie de aguardente.

Mencionei há algum tempo estas pérolas de tradução numa crônica, e em pouco estava pagando meus pecados. Rubem Braga logo me telefonou:

– Essa última novela publicada na sua coleção já foi distribuída?

Ele se referia à coleção Novelas Imortais, que eu dirigia para a editora Rocco. A última tinha sido Bartleby, o escriturário, de Herman Melville.

– Se foi publicada, foi distribuída. Por quê?

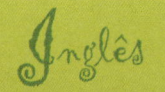

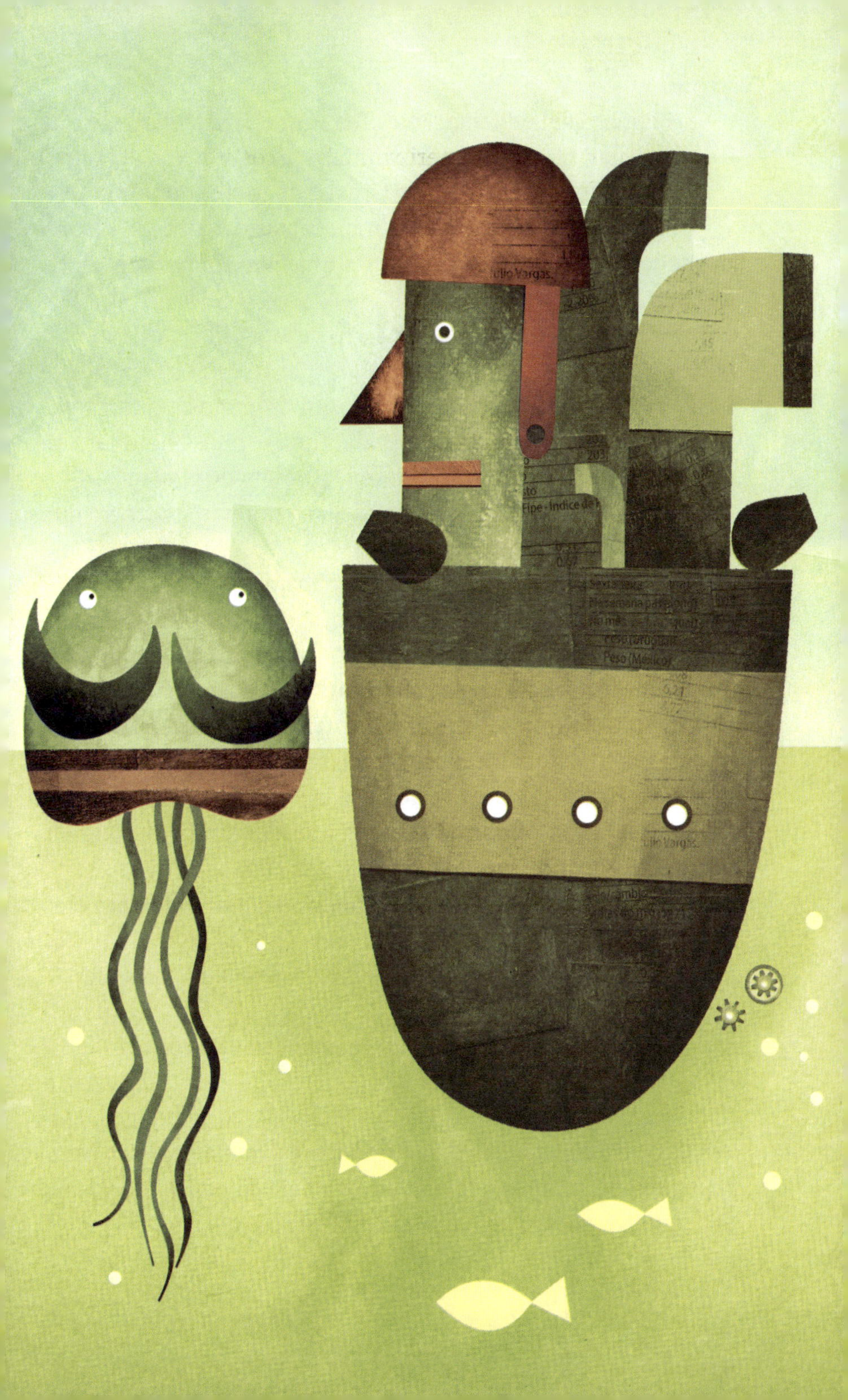

– Porque vai te deixar mal. Tem um erro de tradução que é de amargar. Merecia ser recolhida.
– A tradução é de Luís de Lima, e da melhor qualidade.
– Não é erro do tradutor não – insiste o Braga. – É seu mesmo. Na apresentação você cita um livro do homem e traduz o título para o português.

Realmente, menciono um livro de Melville chamado *White jacket, or the world in a man-of-war*, que traduzi literalmente para "Túnica branca, ou o mundo num homem-de-guerra".

– Convém botar uma emenda, uma errata, qualquer coisa assim. Não vão perdoar esse seu "Homem-de-guerra".
– *Man* é "homem", *of* é "de" e *war* é "guerra". Como é que você queria que eu traduzisse?
– Navio de guerra. Ou vaso de guerra, se você preferir.

Guerra é guerra. Me lembrei que o capitão Braga entendia dessas coisas, desde que fez parte da Força Expedicionária durante a Segunda Guerra Mundial. Tratava-se de verdadeiro cabo de guerra (que em inglês é *war-horse*, isso eu sei).

Fui conferir no *Webster*, mas já me reconhecendo derrotado. Não adiantava chicanar, o Braga estava com a razão. Fiquei sabendo de uma vez por todas que homem também pode ser navio, pelo menos em inglês.

Deixa o Alfredo falar! Telefonei imediatamente para ele:
– Você sabe o que quer dizer *man-of-war*?
– Sei: quer dizer navio de guerra – ele foi dizendo logo.

E não deixou por menos:
– Você sabe o que quer dizer *portuguese man-of-war*?
– Já vem você – respondi, cauteloso. – Navio de guerra português?
– Nada disso. Quer dizer água-viva. Aquela medusa pegajosa que tem no mar e que queima a pele da gente. Agora me diga como o português chama água-viva.

– Claro que não sei.
– Caravela. Se não acredita, tira no dicionário.

Antes que ele fizesse a volta completa e chegasse de novo ao navio de guerra, agradeci e dei prudentemente o assunto por encerrado.

E para encerrar mesmo, de uma vez por todas, só repetindo Paulo Rónai, mestre no assunto, ao citar Cervantes, para quem a tradução "é o avesso de uma tapeçaria". Ou Goethe, ao comparar os tradutores "aos alcoviteiros, que nos elogiam uma beldade meio velada como altamente digna de amor, e que despertam em nós uma curiosidade irresistível de conhecer o original".

Literatura

Foi
Na

Não sendo aguda, é crônica

Houve uma época em que me viciei em livros de aventuras de guerra, cheguei a ler mais de cem. Quando eu era menino lia histórias em quadrinhos e, como já disse, livros de aventuras, romances policiais e de mistério. Nunca achei muita graça é em ficção científica. Os próprios policiais passei a ler com cautela, mesmo os melhores, como Dashiell Hammett e Raymond Chandler, os meus prediletos. Cada leitor tem o seu. Os meus são estes dois. Quando o Edmund Wilson escreveu em 1944 um ensaio sobre o romance policial, sustentando, para grande escândalo dos aficionados, que mesmo os melhores eram subliteratura (a despeito do que quer que Gide tenha dito ou deixado de dizer sobre Hammett e Simenon), recebeu dezenas de cartas de protesto dos leitores: você não leu Dorothy Sayers. Ou Nero Wolf. Ou John Dickson Carr. Ou Erle Stanley Gardner. Ou quem quer que estivesse fazendo sucesso na época. Teve de voltar ao assunto e reafirmou seu julgamento. O único a quem concedeu qualidade literária foi Chandler.

São livros escritos para ser lidos – mas não mais por mim, pois tenho passatempos melhores. Simenon e Agatha Christie é que não me pegam mais. Um caso do Bertrand Russell, contado por um amigo que foi esperá-lo no aeroporto de Nova York para conduzi-lo a Boston, onde faria umas conferências, define bem esse tipo de literatura. Na estação de trem, ele comprou três livros policiais e começou a viagem. Leu o primeiro e o atirou pela janela; leu o segundo, a mesma coisa; leu o terceiro e também o jogou fora. Isso ilustra o que vem a ser literatura descartável.

Já os que consideram a crônica também literatura descartável certamente estão mal informados. A crônica é um gênero literário com uma tradição que vem dos quinhentistas portugueses, como Diogo do Couto, desembarca no Brasil com Pero Vaz de Caminha, passa por Machado de Assis e chega até nossos dias com Rubem Braga. Como se vê, uma linhagem das mais nobres, a que qualquer um se orgulharia de pertencer.

A confusão vem provavelmente de o termo durante algum tempo ter servido para designar em jornal as seções especializadas: a crônica política, social, esportiva – enfim, tudo o que escreviam os que hoje são mais propriamente denominados colunistas.

Entre um romance e outro, escrevi e continuo escrevendo centenas de crônicas, contos e histórias curtas. Tudo é genericamente chamado de crônica. Como se diz das doenças: não sendo aguda, é crônica...

Gosto daquela definição de Mário de Andrade: conto é tudo aquilo que o autor chama de conto. Para certas pessoas, não sendo romance, não vale. Lembro-me que um dia Guimarães Rosa me telefonou e perguntou o que eu estava fazendo. Eu disse que estava tentando escrever uma peça de teatro. E ele, meio paternal:

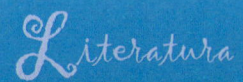

– Não faça biscoitos, faça pirâmides.

Fiquei algum tempo encafifado com aquilo, sem saber se a obra literária se impunha também pelo gênero e pelo tamanho, além da qualidade. Acabei concluindo que Voltaire, Machado de Assis, Jorge Luis Borges e tantos outros fizeram biscoitos. Hemingway fez tanto sucesso com seus biscoitos, como aquela admirável novela *Old man and the sea (O velho e o mar)*, que acabou ganhando o prêmio Nobel. Ninguém é obrigado a ser Tolstói na vida, como o próprio Hemingway pensava. Nem julgado por ser biscoiteiro ou faraó.

O sucesso de uma obra literária costuma ser uma decorrência meio eventual, como o de qualquer atividade artística, muitas vezes independente da qualidade. Não posso negar que sou bastante lido – o que devo talvez ao fato de escrever numa linguagem que permite vários planos de leitura, abrangendo uma gama larga de leitores, que vai do professor ao aluno, do pai ao filho, do patrão ao empregado. Mas nem por isso me sinto realizado. No dia em que me sentir serei um homem acabado, como no livro de Papini.

Seria ridículo querer ser hoje um escritor como imaginava aos vinte anos. O mundo mudou, e eu com ele. A literatura continua, só que concebida em outros termos. Os meios de comunicação e de formulação literária evoluíram, e continuarão evoluindo sempre. Os gêneros têm fronteiras cada vez mais flexíveis e são intercomunicáveis, a ponto de escapar às classificações, apesar do esforço da crítica especializada, dissecando obras literárias como cadáveres nas salas de anatomia.

Procuro exercer o meu ofício literário fazendo com que a expressão não se subordine à comunicação, mas se harmonize com ela: que seja compatível com os meios de comunicação de nosso tempo. O difícil é atingir o perfeito equilíbrio entre uma coisa e outra. Custa muito esforço, embora não pareça.

    O elogio que mais me tocou foi feito por Maria Urbana, mulher de Hélio Pellegrino, que um dia tentou contar uma pequenina história minha a uma amiga e não conseguiu. "Tive que ler a história para ela", me disse. "Parece fácil reproduzir, mas é como um passo de dança, você vai imitar e quebra a cara."

    Escrevo antes de mais nada para mim mesmo – aquilo que eu gostaria de ler. Mas não escrevo só para mim. Nem para meus amigos, nem para meia dúzia de leitores, mas para o maior número de pessoas. Escrevo para me comunicar, e o que mais me alegra é quando essa comunicação se estabelece.

    Só que poucas vezes chego a tomar conhecimento – e essa é uma das aflições de um escritor. Quanta coisa já escrevi que, mesmo tendo sido lida por muita gente, jamais saberei o efeito que causou.

    Mas às vezes fico sabendo, e de maneira bem surpreendente. Soube um dia de um casal que estava se separando e na hora de dividir as coisas de casa o marido pegou um livro meu e disse que aquilo era dele, fazia questão de levar. A mulher protestou, dizendo que era seu, ela é que havia comprado. Ele se espichou na cama, começou a ler o livro e de repente desatou a rir. Ela se ofendeu: não podia admitir que, num momento tão importante da vida deles, o marido tivesse coragem de ficar rindo como um idiota. Ele pediu desculpas e leu para ela o trecho. Ela também começou a rir e em pouco os dois passaram a ler juntos na cama e acabaram na cama sem o livro. E desistiram de se separar, conforme me escreveram contando.

    Reconheço que parece história inventada, como numa crônica minha.

Biscoitos e pirâmides

Um dia, pouco antes de sua morte, Guimarães Rosa me telefonou para conversar, como acontecia de vez em quando, e bisbilhotou:

– Que é que você está fazendo?

Contei-lhe que estava no momento tentando transformar um conto numa pequena peça de teatro. O grande romancista, conforme já contei mais de uma vez e outros por mim, me advertiu então com ar blandicioso:

– Não faça biscoitos: faça pirâmides...

Na hora julguei entender o sentido lógico desta metáfora. A primeira conotação que ela sugeria era de dimensão, a segunda de duração – de ambas decorrendo um critério de qualidade: um biscoito é pequeno, portanto desprezível – uma pirâmide é monumental, portanto grandiosa; um biscoito é consumível, logo efêmero – uma pirâmide é permanente, logo eterna.

Não só a tal peça de teatro não saiu, como a partir de então me senti esmagado pelo conselho do autor de *Grande sertão: veredas* e *Corpo de baile* – duas pirâmides, sem dúvida alguma. Que diabo eu podia pretender com meus livros? Um crítico mais realista chegou, mesmo, a me expulsar da literatura, afirmando numa revista que eu era inventor de um gênero composto de pequenos escritos sem qualquer dimensão literária. Ou seja: de biscoitos.

Passei a sonhar então com um romance de no mínimo oitocentas páginas – ou vários romances em série, dez, quinze, que fossem uma espécie de painel da vida contemporânea, apresentado através da minha experiência vital – qualquer coisa assim, gigantesca, piramidal – a minha pirâmide. Enquanto isso, ia produzindo os meus biscoitos, sem aspirar para eles uma condição de grandeza e perenidade.

Com o tempo, todavia, a coisa se complicou um pouco: não apenas minha pirâmide não saía, esfacelando-se em sucessivos biscoitos, como tomei consciência de que nem só de pirâmides vive a literatura. A própria cultura universal, desde a antiguidade clássica, se compôs de grandes monumentos erguidos por Platão, Aristóteles e outros gigantes, mas entre eles encontramos também os escassos fragmentos de Heráclito, meros biscoitos e nem por isso menos preciosos.

Para ficarmos na prosa da ficção: se na Rússia Tolstói, Dostoiévski e Gógol ergueram pirâmides, outros grandes escritores fizeram seus biscoitos com igual sucesso, como Púchkin, Tchekhov, Andreiev. Na França, se temos de um lado Balzac, Proust, Stendhal, Rousseau, Victor Hugo, não sei se incluiria Flaubert entre eles, ou de preferência na categoria de Montaigne, La Fontaine, Voltaire, Maupassant, Merimée, Molière, e tantos outros fazedores de biscoito. (Para não falar em pipoqueiros, como Jules Renard.)

Sartre podia pretender estar entre os primeiros, mas sem dúvida Gide e Camus se alinharam entre os segundos. Na

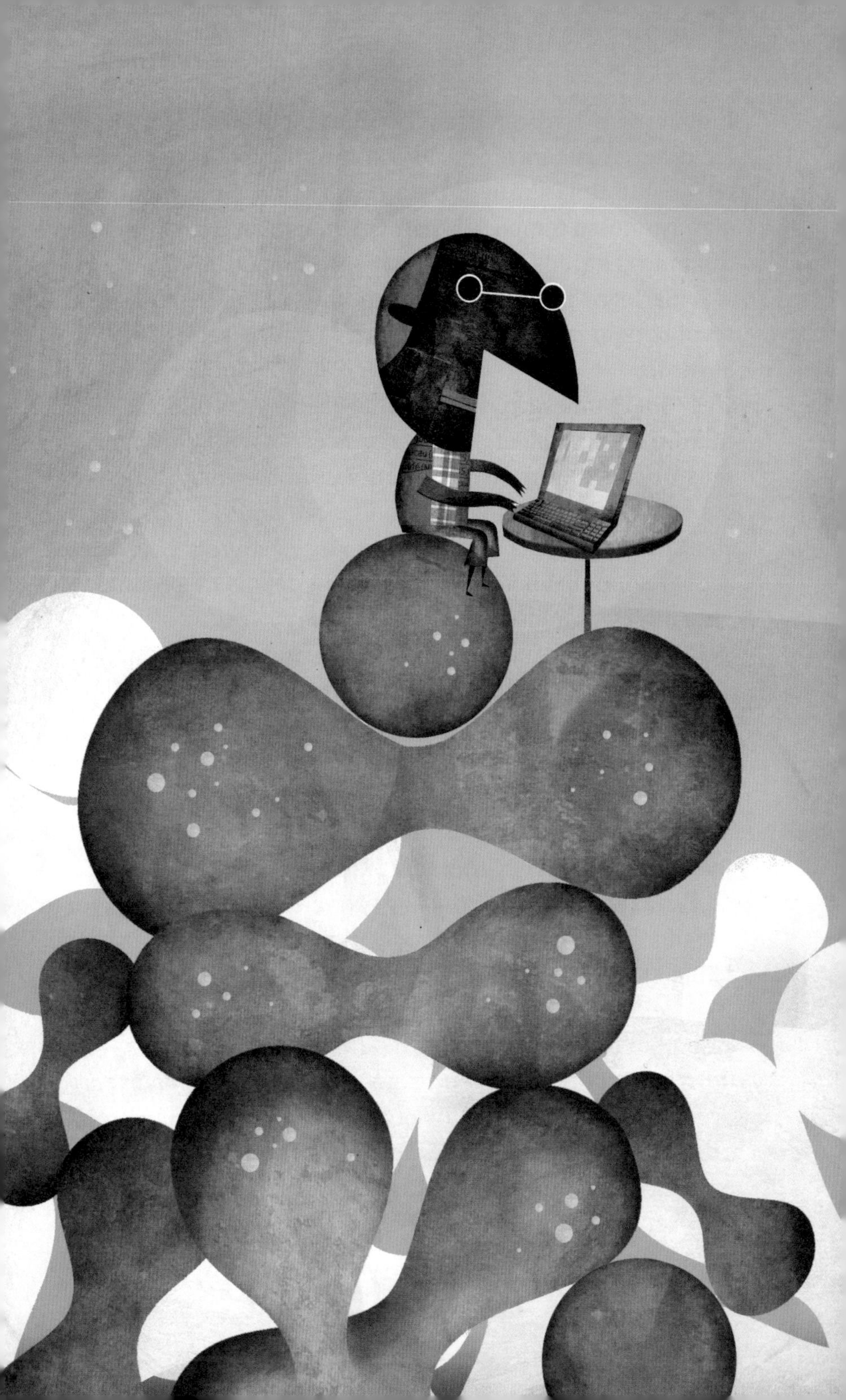

Inglaterra, a tradição das pirâmides foi seguida por Dickens, Fielding, Thackeray, Charlotte Brontë, Jane Austen, mas dificilmente uma Emily Brontë poderia ser mencionada entre eles. No nosso tempo, Grahan Greene, por exemplo, veio produzindo seguidos biscoitos com grande sucesso.

Se Joyce partiu para a pirâmide, Kafka contribuiu para revolucionar a literatura moderna com os seus biscoitos de absurdo.

Nos Estados Unidos, Melville ergue uma pirâmide do tamanho de uma baleia, enquanto Poe e Mark Twain fabricam seus biscoitos, uns de terror, outros de humor. John dos Passos erige seu monumento à civilização americana, enquanto Hemingway passa a vida tentando o seu sobre a guerra, para acabar conquistando o prêmio Nobel depois de produzir sua obra-prima, um biscoito: *O velho e o mar*.

E tem também o grande biscoiteiro Jorge Luis Borges.

No Brasil, destaca-se a pirâmide erguida por Euclides da Cunha. Em compensação, o maior de nossos ficcionistas, Machado de Assis foi a vida inteira um emérito fabricante de biscoitos – embora a sua obra, em conjunto, venha a ser piramidal. Uma sucessão de pirâmides se prolongou até nossos dias, com o próprio Guimarães Rosa, Gilberto Freyre, Octavio de Faria, Erico Verissimo, Pedro Nava e suas memórias, Jorge Amado e a sua obra regional, culminando com o excelente *Tocaia grande*.

Sem querer puxar a brasa para a minha sardinha, no caso para os meus biscoitos: tão importantes como expressão do romance moderno entre nós são também, por exemplo, um Oswaldo França Júnior ou uma Clarice Lispector com os seus. Não se falando nesses dois mestres do biscoito, um na crônica e outro no conto, que vêm a ser Rubem Braga e Dalton Trevisan.

(Tudo considerado, não adianta sofismar – aqui muito entre nós, Guimarães Rosa tinha razão: biscoito pode ser muito gostoso, principalmente ao café pela manhã, mas bem que deve ser glorioso subir numa pirâmide, para que, do alto, quarenta séculos nos contemplem.)

Música

O piano no porão

Eu era menino ainda quando o piano velho foi removido para o porão, cedendo lugar ao novo que meu pai comprara para minha irmã Luisa, excelente pianista. Por que não venderam o outro logo, não sei dizer; minha mãe talvez se impressionasse com a leitura de um conto de Aníbal Machado, uma de suas histórias prediletas, que narra as agruras de uma família tentando desfazer-se de um piano velho como o nosso.

E no porão ele ficou, para tornar-se minha exclusiva propriedade: esgotado o repertório de brincadeiras no fundo do quintal, ou por esquivança à companhia de outros meninos, ia sentar-me diante de suas teclas e ficava brincando sozinho de fazer ruído com notas desafinadas.

Tanto bastou para que suspeitassem em mim uma vocação musical. Suspeita bastante equívoca, de resto; poderiam ter suspeitado igual vocação para a brincadeira, para o ruído ou para a solidão. Então me fizeram aluno de dona Abília, professora de piano. Ao fim de uma semana fugi para sempre ao suplício das aulas, depois de corresponder em precocidade ao que ela esperava de mim: aprendi a tocar "Linda borboleta" com as duas mãos e mais de uma vez beijei a netinha dela num canto escuro da varanda.

Um dia o piano velho desapareceu do porão, e me tornei homem, deixando para trás minhas secretas aptidões musicais.

Mas a ideia de aprender a tocar sempre me acompanhou. E se tornou mesmo uma constante de minha prosápia, quando o assunto era abordado numa roda de amigos e eu declarava, como que casualmente, que "sempre tive certo jeito", era uma pena que não me houvesse dedicado.

"Pois então que se dedique!" – era o que parecia dizer o olhar de minha filha, anos mais tarde, estendendo-me a chave amarrada com um lacinho de fita – chave de um piano autêntico, embora usado, que me aguardava na outra sala, e que me haviam comprado para uma comovente surpresa de aniversário.

Quando, tempos depois, tive de desfazer-me dele, não me restou sequer o consolo de ter desvendado o mais elementar de seus segredos, qual fosse o misterioso caminho que meus dedos deveriam percorrer em suas teclas para delas extrair ao menos as notas de "Linda borboleta", para sempre esquecida.

Minha pretensa vocação musical, trazida da infância como um complexo, com o tempo já se achava um pouco comprometida pela confirmação melancólica de que papagaio velho não aprende a falar, que dirá tocar piano. Ainda assim, acabei um dia esvaziando o pé-de-meia e comprando outro, insuflado pelo ensinamento de Platão, que adaptei às exigências de minha duvidosa inclinação musical: só se aprende a tocar, tocando. E me entreguei à competência de um professor que resolvi contratar.

Fui, todavia, levado a suspender as aulas, ao saber que a intenção do eficiente mestre era a de me fazer ao fim de um ano estar tocando Mendelssohn. Ora, jamais na minha vida pretendi tocar Mendelssohn, mas somente arranhar uma musiquinha de jazz tradicional, para deleite apenas de meus ouvidos e a tolerância masoquista dos vizinhos. E como mesmo tão modesta pretensão faz com que o piano continue sorrindo com todas as teclas ao atropelo simiesco de meus dedos, resolvo abandoná-lo e me recolher à insignificância das minhas desafinadas horas de lazer.

Até que um dia, à falta de melhor proveito, antes que o atirem ao mar como o de Aníbal Machado, o piano seja recolhido a um porão, para que os dedos de um menino possam descobrir nas suas velhas teclas uma vocação de pianista capaz de redimir esta frustração do pai.

O piano no porão

O coração do violinista

De repente, meu amigo tentou liquidar a discussão, dizendo que bateria não era instrumento de música.
– Como não é instrumento de música? É instrumento de quê, então?
– De jazz.
– E jazz não é música?
– Música para você: para mim não é.
– Toda orquestra sinfônica tem bateria.
– Nem por isso ela fica sendo instrumento de música.
– Por que não?
– Toda orquestra sinfônica tem maestro. Maestro é instrumento de música?
– Em certo sentido, é.
– Ora, você está é bêbado.
Discutíamos por discutir, levados pela necessidade de manter aceso o interesse da conversa, enquanto tomávamos a nossa cerveja. Meu amigo voltou à carga:

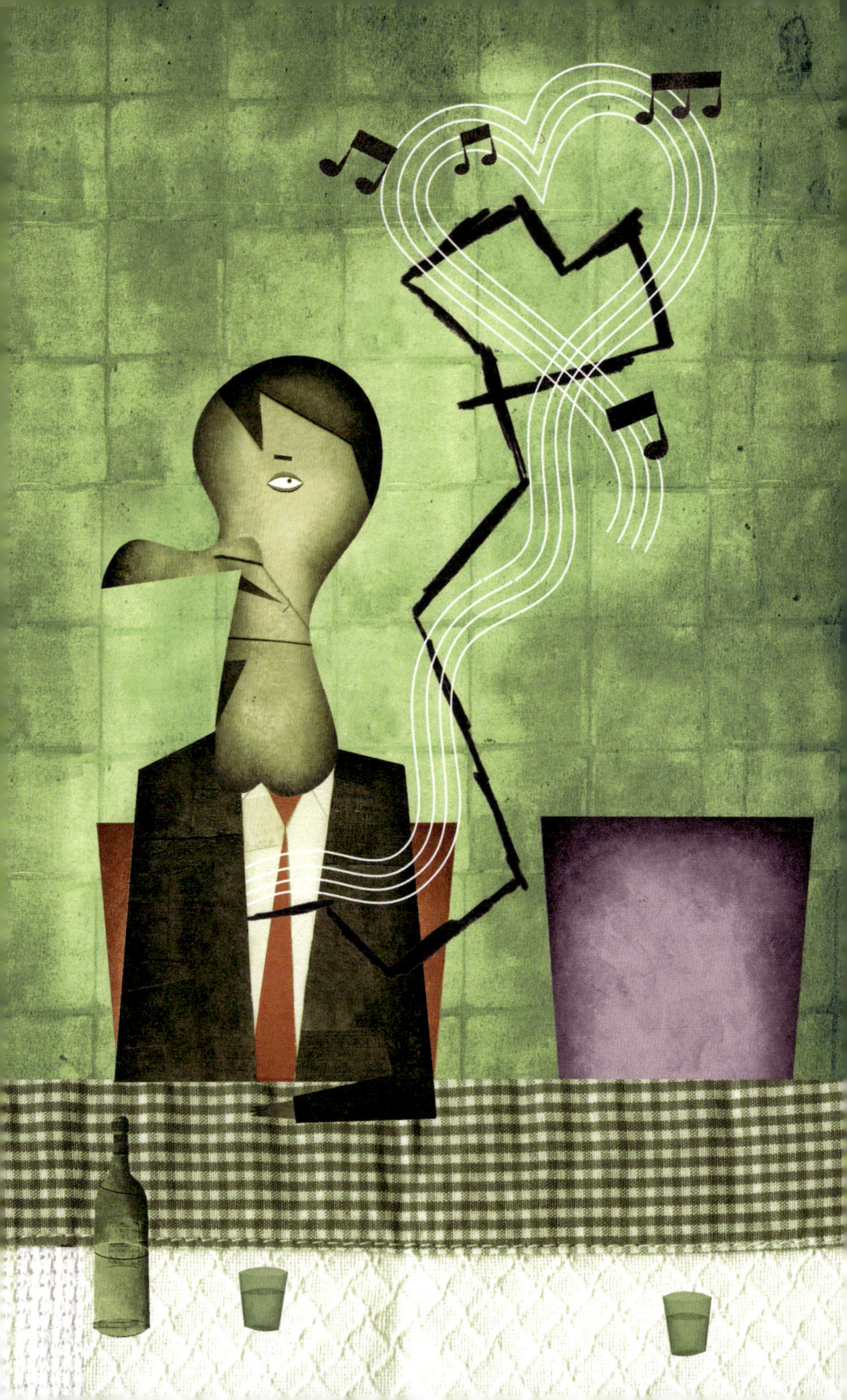

— Você não entende de instrumento de música. Se entende, me diga uma coisa: bateria é instrumento de percussão, não é isso mesmo?
— Tenho a impressão que sim.
— Tem a impressão, não: é instrumento de percussão. Agora me diga uma coisa: o piano. O piano é instrumento de corda ou de percussão?

Embatuquei. Sempre tivera o piano na conta de instrumento de corda, ora essa era muito boa. Mas o diabo daqueles martelinhos lá dentro, percutindo nas cordas... Percussão?
— De corda — arrisquei.
— Não senhor: de percussão — arrematou ele, triunfante, e chamou o garçom com um gesto, pedindo outra cerveja.

Veio-me a certeza de que se eu tivesse falado "de percussão", ele diria: "Não senhor: de corda". Agarrei-me à corda:
— Percussão onde, senhor! De corda.
— Percussão.
— Corda.

Dali partiríamos para os sopapos, se de súbito não tivesse entrado no bar o violinista triste. Vinha de um programa de televisão, onde mal aparecia, na terceira fila de uma orquestra. Mas não era por isso que ultimamente vivia triste: andava apaixonado, sabia-se, e não tivera ainda nem coragem de se declarar à sua amada, "uma mulher pra muito luxo", dizia ele. Foi sentar-se a um canto, como sempre, pediu um conhaque. Imediatamente o convocamos para a nossa mesa, e veio, olhos de vaca mansa, trazendo seu cálice. Para ele tanto fazia sentar-se nesta como naquela, ora dane-se! Estava apaixonado.

— Você que é músico de verdade, vai dizer aqui uma última palavra: bateria é ou não é instrumento de música?
— Piano é instrumento de percussão ou de corda?

Mas o violinista triste não queria saber de nada, muito menos de conversa-fiada de botequim. Largou-nos um olhar desconsolado, soltou um suspiro que era um mugido tristíssimo, ergueu-se, levando o cálice ao peito:

– E o coração... é instrumento de sopro ou de percussão?

ANA

Redação

Como nasce uma história

Quando cheguei ao edifício, tomei o elevador que serve do primeiro ao décimo quarto andar. Era pelo menos o que dizia a tabuleta no alto da porta.
– Sétimo – pedi.
Eu estava sendo aguardado no auditório, onde faria uma palestra. Eram as secretárias daquela companhia que celebravam o Dia da Secretária e que, desvanecedoramente para mim, haviam-me incluído entre as celebrações.
A porta se fechou e começamos a subir. Minha atenção se fixou num aviso que dizia:
É expressamente proibido os funcionários, no ato da subida, utilizarem os elevadores para descerem.
Desde o meu tempo de ginásio sei que se trata de problema complicado, este do infinitivo pessoal. Prevaleciam então duas regras mestras que deveriam ser rigorosamente obedecidas, quando se tratava do uso deste traiçoeiro tempo de verbo. O diabo é que as duas não se complementavam: ao contrário,

em certos casos francamente se contradiziam. Uma afirmava que o sujeito, sendo o mesmo, impedia que o verbo se flexionasse. Da outra infelizmente já não me lembrava. Bastava a primeira para me assegurar de que, no caso, havia um clamoroso erro de concordância.

Mas não foi o emprego pouco castiço do infinitivo pessoal que me intrigou no tal aviso: foi estar ele concebido de maneira chocante aos delicados ouvidos de um escritor que se preza.

Ah, aquela cozinheira a que se refere García Márquez, que tinha redação própria! Quantas vezes clamei, como ele, por alguém que me pudesse valer nos momentos de aperto, qual seja o de redigir um telegrama de felicitações. Ou um simples aviso como este:

É expressamente proibido os funcionários...

Eu já começaria por tropeçar na regência, teria de consultar o dicionário de verbos e regimes: não seria *aos* funcionários? E nem chegaria a contestar a validade de uma proibição cujo aviso se localizava dentro do elevador e não do lado de fora: só seria lido pelos funcionários que já houvessem entrado e portanto incorrido na proibição de pretender descer quando o elevador estivesse subindo. Contestaria antes a maneira ambígua pela qual isto era expresso:

... no ato da subida, utilizarem os elevadores para descerem.

Qualquer um, não sendo irremediavelmente burro, entenderia o que se pretende dizer neste aviso. Pois um tijolo de burrice me baixou na compreensão, fazendo com que eu ficasse revirando a frase na cabeça: descerem, no ato da subida? Que quer dizer isto? E buscava uma forma simples e correta de formular a proibição:

É proibido subir para depois descer.
É proibido subir no elevador com intenção de descer.

É proibido ficar no elevador com intenção de descer, quando ele estiver subindo.

Descer quando estiver subindo! Que coisa difícil, meu Deus. Quem quiser que experimente, para ver só. Tem de ser bem simples:

Se quiser descer, não tome o elevador que esteja subindo.

Mais simples ainda:

Se quiser descer, só tome o elevador que estiver descendo.

De tanta simplicidade, atingi a síntese perfeita do que Nelson Rodrigues chamava de óbvio ululante, ou seja, a enunciação de algo que não quer dizer absolutamente nada:

Se quiser descer, não suba.

Tinha de me reconhecer derrotado, o que era vergonhoso para um escritor.

Foi quando me dei conta de que o elevador havia passado do sétimo andar, a que me destinava, já estávamos pelas alturas do décimo terceiro.

— Pedi o sétimo, o senhor não parou! — reclamei.

O ascensorista protestou:

— Fiquei parado um tempão, o senhor não desceu.

Os outros passageiros riram:

— Ele parou sim. Você estava aí distraído.

— Falei três vezes, sétimo! sétimo! sétimo!, e o senhor nem se mexeu — reafirmou o ascensorista.

— Estava lendo isto aqui — respondi idiotamente, apontando o aviso.

Ele abriu a porta do décimo quarto, os demais passageiros saíram.

— Convém o senhor sair também e descer noutro elevador. A não ser que queira ir até o último andar e na volta descer parando até o sétimo.

— Não é proibido descer no que está subindo?

Ele riu:

– Então desce num que está descendo.

– Este vai subir mais? – protestei. – Lá embaixo está escrito que este elevador vem só até o décimo quarto.

– Para subir. Para descer, sobe até o último.

– Para descer sobe?

Eu me sentia um completo mentecapto. Saltei ali mesmo, como ele sugeria. Seguindo seu conselho, pressionei o botão, passando a aguardar um elevador que estivesse descendo.

Que tardou, e muito. Quando finalmente chegou, só reparei que era o mesmo pela cara do ascensorista, recebendo-me a rir:

– O senhor ainda está por aqui?

E fomos descendo, com parada em andar por andar.

Cheguei ao auditório com 15 minutos de atraso. Ao fim da palestra, as moças me fizeram perguntas, e uma delas quis saber como nascem as minhas histórias. Comecei a contar:

– Quando cheguei ao edifício, tomei o elevador que serve do primeiro ao décimo quarto andar. Era pelo menos o que dizia a tabuleta no alto da porta.

O que faz um escritor

Leio no jornal uma entrevista do autor de *Cem anos de solidão*. Só que seu nome é Gabriel García Márquez e não Marques, como saiu publicado.

Não que eu seja lá muito cioso dessas coisas, pelo contrário: meus lapsos ortográficos costumam ser bem mais graves que uma simples troca do Z pelo S. Fixei na memória a grafia certa do nome do escritor, não só por ter sido com Rubem Braga o seu primeiro editor no Brasil, mas principalmente por causa daquela sensacional entrevista sobre ele, que dei na época a uma estagiária de um jornal do Rio.

– Me mandaram fazer com você uma entrevista sobre o marquês – e ela foi ligando logo o gravador.

– Que marquês? – estranhei.

– Esse que vocês editaram.

– Não editamos nenhum marquês, que eu saiba.

– O autor desse *best-seller* de vocês, Cem anos de perdão.

– De solidão.

– Ou isso: de solidão. Ele não é marquês?

– Não. Ele não é marquês. O nome dele é Gabriel García MÁRQUEZ. Com z no fim. Se duvidar, é capaz de ter até o acento no A.

– Então é isso. Foi confusão minha – e ela não se deu por achada, muito menos por perdida, sempre empunhando um microfone junto ao meu nariz. – Por que é que o livro dele está fazendo tanto sucesso?

– Porque é um livro muito bom.

– Foi por isso que vocês publicaram?

Respirei fundo:

– Por isso o que, minha filha? Por ser muito bom?

Ela me olhou como se estivesse entrevistando uma toupeira:

– O que eu estou querendo saber é por que vocês publicaram o livro dele.

– Porque nos foi recomendado como sendo um livro muito bom.

– Recomendado por quem?

– Pelo Neruda.

– Quem?

– Pablo Neruda. Quando ele esteve no Rio pela última vez, falou com o Rubem que se tratava do romance mais importante em língua espanhola desde *Dom Quixote*.

– Quem é esse?

– Esse quem? O Rubem?

– Não: o outro.

– Dom Quixote?

– Não: esse cara que você falou antes. O que recomendou o livro.

Resolvi deixar cair:

– Você vai me desculpar, minha filha, mas não dá. A entrevista fica para outra vez, quem sabe. É muita honra para

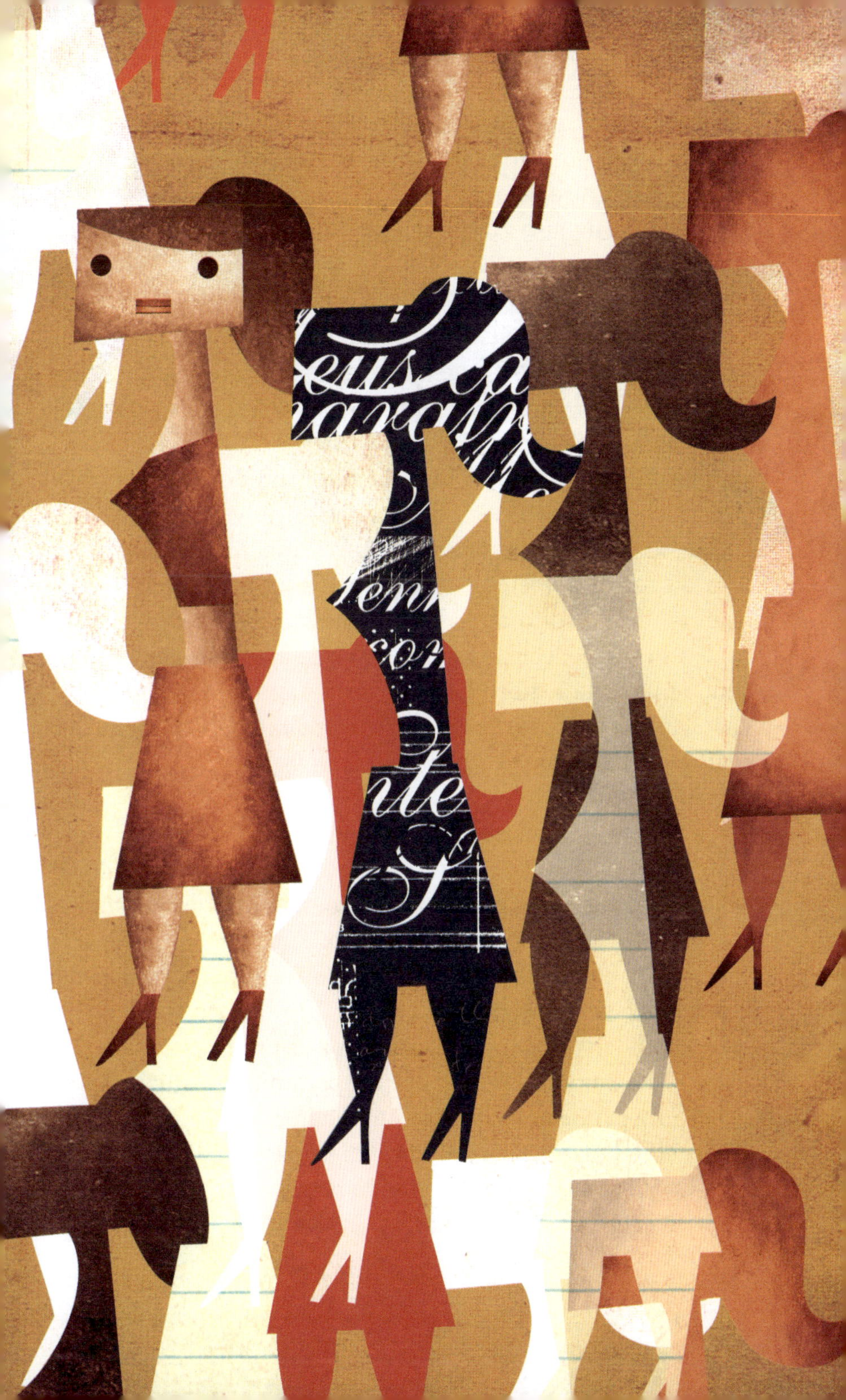

um pobre marquês, mas infelizmente... Ou Márquez, se você não se incomoda. No mais, muito obrigado.

– Eu é que agradeço!

Ela desligou o gravador, com ar satisfeito, despediu-se e foi embora.

Tudo depende do nosso ponto de vista em relação ao assunto. O meu era de frente, em relação a esta outra: uma estudante de seus 18 anos (vestibular do curso de Letras) que vinha a ser um verdadeiro esplendor.

Esplendor de nossa raça, bem entendido: direi em resumo que tinha competência para passar no vestibular do que quisesses, no que dependesse de apresentação física. Sua pele era da cor de sorvete de chocolate, daquele mais claro, mas não tão fria, muito antes pelo contrário, viva e cálida como a de um fruto – cor de jambo, como se dizia antigamente, só que já não me lembro bem da cor do jambo, faz tempo que não vejo um. O rosto era brejeiro, como também se dizia antigamente. E o corpo perfeito como... como...

– Como?

– Eu perguntei o que faz um redator.

Sentada à minha frente, ela deixara o eterno gravador ligado sobre a mesinha entre nós e esperava pela minha resposta, pernas cruzadas, joelhos à mostra. Descruzei as minhas:

– Não entendi bem a pergunta. Antes de mais nada, como é mesmo o seu nome?

– Lindalva – respondeu, com voz de criança.

– Que foi mesmo que você me perguntou, Lindalva?

– Eu perguntei o que faz um redator.

– Um redator? Um redator redige, não é isso mesmo? Mas por que você está me perguntando isso?

Ela descruzou as pernas:

– Você não é um redator?

Cruzei as minhas:

– Bem, de certa maneira... No jornal não sou propriamente um redator, mas um cronista. Ou um colunista, se você prefere. Também redijo, não há dúvida, mas o que eu sou na realidade é um escritor.

– E o que faz um escritor? – ela perguntou então, inalterável.

Meu Deus, ia começar de novo.

– Um escritor escreve – respondi, com um suspiro resignado.

– Não é isso que eu quero saber – reagiu ela, fazendo beicinho.

– Então pergunte o que você quer saber, Lindalva.

– Quero saber o que eu perguntei: o que faz um escritor – e ela tornou a cruzar as pernas.

Descruzei as minhas. Eu já lhe mostro o que faz um escritor:

– Um escritor é um sujeito que só sabe perguntar e não responder às perguntas. Ainda mais perguntas como essa.

De repente entendi:

– Ah, você está querendo saber não a função que exerce um escritor, mas as qualidades intrínsecas que fazem de uma pessoa um escritor, não é isso mesmo?

– Isso mesmo: o que é que faz um escritor?

– As qualidades intrínsecas – arrematei.

– Qualidades o quê?

– Intrínsecas.

– Ah, sei...

Ela mostrou os dentes, abrindo os lábios num sorriso. Pensou um pouco, e não lhe ocorrendo mais nada a perguntar, desligou o gravador, dando a entrevista por encerrada.

Chegou a minha vez de perguntar:

– Que faz uma pessoa como você, Lindalva?

– Como eu, como?

O que faz um escritor

– Como eu como?

Cruzei as pernas, sem que ela descruzasse as suas:

– Estou querendo dizer é que acho surpreendente uma moça como você perdendo tempo em me entrevistar.

Acompanhei-a até a porta:

– Por que não entrevista o Sargentelli, do Oba-Oba?

– Ele também é escritor?

Disse-lhe que não: a escrita dele era outra.

– Então tá – e ela estendeu o rosto me oferecendo a face, muito faceira, para um beijo de despedida.

Referências bibliográficas

- "Vinte penosos anos depois"; "Com o mundo nas mãos". *Deixa o Alfredo falar!* Rio de Janeiro: Record, 1980.

- "O coração do violinista"; "Turco". *A mulher do vizinho*. Rio de Janeiro: Record, 1981.

- "O que faz um escritor"; "De mel a pior"; "Corro o risco correndo". *O gato sou eu*. Rio de Janeiro: Record, 1983.

- "Retrato do nadador quando jovem". *As melhores crônicas*. Rio de Janeiro: Record, 1986.

- "A companheira de viagem"; "Eloquência singular". *Os melhores contos*. Rio de Janeiro: Record, 1986.

- "Transição para a democracia"; "Não sendo aguda, é crônica" (títulos criados especialmente para esta edição). *O tabuleiro de damas*. Rio de Janeiro: Record, 1988.

- "Como nasce uma história"; "Vespa não é abelha". *A volta por cima*. Rio de Janeiro: Record, 1990.

- "A escada que leva ao inferno"; "Menino de rua"; "O piano no porão"; "Biscoitos e pirâmides"; "Pérolas de tradução". *No fim dá certo*. Rio de Janeiro: Record, 1998.

As frases do autor foram transcritas do DVD *Encontro marcado com o cinema de Fernando Sabino e David Neves*. Rio de Janeiro, Biscoito Fino, 2006.